『贺兰山精神』给我信心和胆量,也给我梦想和希冀!

# 贺兰山上的星星

赵华……著

希望出版社

# 地域文化视野下的宁夏童年书写

王泉根　李丽

地域文化是作家保持创作活力与创作个性的重要美学密码。谁找到了这个密码，谁就找到了"文学的生命力的源泉"。苏北油麻地之于曹文轩，川蜀大地之于张国龙，西双版纳之于沈石溪，蒙古草原之于鲍尔吉·原野都是如此。作家们凭借自己对乡土的记忆，在对地域文化的挖掘中，创作了无人可以替代的童年书写。宁夏儿童文学作家赵华显然也是这样一个幸运儿。

当然，寻宝的道路从来都是崎岖的。赵华自2002年进入儿童文学创作界，早期他的作品主要以童话和

# 序言
## XU YAN

科幻小说见长，这些作品无论是外在的"形"（含人名、地名、风景、食物、习俗等），还是内在的气质（含典型事件及事件中人物的性格、个性特征等），都带着浓郁的异域色彩。赵华似乎有意地回避了生养他的这片土地，而纯靠着卓异的想象和娴熟的叙事技巧，构建自己的文学大厦。针对这种现象，评论家李学斌在《一个人，一片天——赵华儿童文学创作及其意义》中，一方面肯定了赵华在儿童文学创作方面的天赋及对于宁夏儿童文学发展的重要意义，另一方面也不无担忧地指出："对于寂寥而空阔的宁夏儿童文学来说，缺少对地域文化和童年现实的关注、呈现，也让赵华的儿童文学创作在面对这片热土的童年生存状况时，很大程度处于缺席和失语状态。这一点，是值得赵华深思与警醒的。"

赵华显然是听进去了这样的规劝。秉持着为宁夏"区域儿童文学塑形，为地域童年立传"的责任心和使命感，从2016开始，他相继推出了以黄沙大漠为故事发生背景的科幻小说《大漠寻星人》，以西北贫困少男少女求学故事为原型的《世界第一朵花》《贺兰山下》，紧贴宁夏现代农村儿童生活图景的《店长》以及以童年生活之地简泉农场为场域的散文集《简泉》。这些作品不仅有对宁夏地理风貌的倾情展示，更力图通过书写地域中的人的精神气质，来表达宁夏这块艰涩土地上人的朴质和坚韧。赵华新近推出的《贺兰山上的星星》正是沿着这一探索前进的又一部力作。

《贺兰山上的星星》以"我"的视角串联起整个故事，不仅展示了宁夏兀险峻秀、融大漠与水乡为一体的奇特自然景观，更真诚地歌颂了在新时代发展背景下，宁夏儿女不慕物质、传承父辈"开发大西北"的奉献精神，以及由此迸发出的立足本土、不畏艰难、建设新故乡的家园情怀。作者还有意识地采撷了历史传说用以增强作品的故事性与厚重度，这也从另一个层面拓宽了宁夏地域儿童文学书写的路径。

地域文化包含着丰富的内容，对"风土"特征的描摹是其中重要一步。周作人认为人是"地之子"，要"推重那培养个性的地之力"。丁帆也认为带有地理面貌特征并融入作家主观情愫的风景刻画，是表现

## 序言

地域特色不可或缺的部分。在赵华的笔下，宁夏有着难以言说的天地大美。"贺兰山是座鲜有草木的濯濯童山，不过，它并不是座蝉喘雷干的旱山，有一条清澈的山泉就从那条我们未能走到头的峡谷中流淌出来。它沿着曲折的峡谷蜿蜒蛇行，一直流到山脚下。"宁夏之美，并不仅美在有南方之秀、北方之峻，而且美在这两种风格对比鲜明又鬼斧神工地融为一体。这种参差对照会让人时刻保持对美的敏锐性，这种融合又让人对天地之"仁"保持某种信任。换言之，宁夏的地理条件（如山石壁立千仞，土地多盐碱沙化），确然会让人感慨艰难，但造化又确实在每个山穷水尽处安排了几乎与此对立的风景，让人总保持清醒的感受力，并不乏对生活的希望。这种地域特色孕育了宁夏人不屈服于苦难、珍惜苦难中的每一点甜、在绝望中努力开出生活之花的边塞性格。《大漠寻星人》中，身处困境的男孩始终深情于头顶灿若繁花的星空，梦想在这里打造观星公园；《世界第一朵花》中，贫寒的父亲在危险的煤矿坑道工作时，也不忘为女儿寻找带花朵的煤化石；在《贺兰山下》《贺兰山上的星星》中,那些连饭都吃不饱的孩子带着感恩与欢喜感受自然和他人的每一点馈赠。宁夏山川孕育了简净、优美的宁夏性格。

地域文化更是历史的产物。宁夏自古就是移民重地,从上古至现代,宁夏的发展历史是伴随着移民走过来的。从商周至明清,由于地理位置特殊,宁夏既是多民族融合的重要舞台,又是大规模军事移民屯田的必选之地。从民国初年至新中国成立前,"招垦荒地、奖励生产、复兴农村"的政策和军事移民,吸引了大批的外省人员进入宁夏;在当代,中华人民共和国成立初期宁夏红色政权需要各个领域的干部充实岗位,促使大批外地干部调入宁夏。1958年中共中央更是颁布了《关于动员青年前往边疆和少数民族地区参加社会主义建设的决定》。在政策号召下,仅浙江省从1959年开始到1960年两年,就动员了103000名优秀青年支援宁夏(汪智泉《十万浙江青年支援宁夏(一)》)。"宁夏有天下人"已成为一个共识。

但如何能让新一代的儿童真正感受到移民文化的内涵与价值呢?《贺兰山上的星星》巧妙地以桑红

## 序言 XU YAN

英、王孝两位老师为代表，赞美了这些"投身大西北"的建设者的魅力。活学活用山边草木教学，智慧侦破夜半哭声，带领学生观看哈雷彗星，利用历史知识揭开骆驼哭泣之谜，利用科学知识制造科技捕鼠工具和脱粒农具来帮助农民解决实际困难。这些建设者像贺兰山上的星星一样，划破了落后、愚昧的黑暗星空，他们带来的不仅有知识，还有文明的生活方式和富有意义的、多元趣味的生活理念。不仅如此，作者还由此贯穿起桑、王二人的父辈们垦荒造田的移民往事和学生们接棒回到家乡、建设西部的未来图景。《贺兰山上的星星》对人类无私奉献、不畏艰险、勇于开拓精神的肯定和礼赞，无疑对当下儿童的"精神钙化"具有重要意义。

宁夏的地域文化同时也包含着独具风情的游牧文化。匈奴铁佛部首领赫连勃勃在这里建立夏国（407年）。宋宝元元年（1038年），党项人李元昊在此建立西夏王国，都城名兴庆府（在今银川）。西夏立国时，其疆域范围包括今宁夏、甘肃西北部、青海东北部、内蒙古以及陕西北部。东尽黄河，西至玉门，南接萧关,北控大漠,占地两万余里。西夏历经十帝,享国189年。这些漫长而斑斓的历史,使得游牧文化成为宁夏文化中重要的组成部分。《贺兰山上的星星》中,厨师余师傅和三只骆驼便是这种文化的典型代表。游牧民族重视和动物的关系,尤其是骆驼,其功用可抵汉人的牛、马。所以,作品浓墨重彩地叙述了余师傅对三只骆驼的悉心照顾,更以哭泣的骆驼引出了有关西夏王陵的神秘传说,不仅普及了骆驼识路的动物习性,更图画般复活了宁夏游牧文化的神秘、多彩。儿童在阅读的过程中,不仅习得了科学与历史知识,更培养了一种亲和自然、随时从自然中发现智慧并运用智慧的意识。

地域儿童文学,是"儿童文学如何表现中国式童年"命题的题材之一。挖掘地域文化中的优质资源,以儿童文学艺术样式"讲好地域故事""讲好中国故事",对于展现本民族美学特质、传承和发扬地域文化特色、树立儿童地域自信具有重要意义。儿童文学具有为儿童"塑形"的重要价值,以悠远、辽阔、丰富的地域文化激活中国儿童文学对中华民族共同精神

## 序言

价值的凝练、表现和传递，对进一步引领未来公民形成对建设中华民族现代文明的自觉、自信和自强意识，具有重要作用。这是每个儿童文学工作者应当自觉担负的责任，赵华在关于宁夏的系列地域童年书写方面，做出了有益的尝试。

王泉根，著名评论家，中国作家协会儿童文学委员会副主任，北京师范大学教授，博士生导师。

李丽，中国儿童文学研究会会员，北京师范大学博士，宁夏大学人文学院副教授。

# 目 录

第一章　简泉农场不简单　　001

第二章　得遇良师沃新花　　013

第三章　夜半捉"鬼"行动　　035

第四章　小小少年的烦恼　　055

第五章　"馍馍银行"的秘密　　073

第六章　仰望星空的孩子　　095

第七章　浩瀚宇宙的繁星　　113

第八章　哭泣的骆驼　　127

第九章　母骆驼有秘密　　141

第十章　科学带来的奇迹　　171

第十一章　点亮乡野的天空　　193

[ 第一章 ]

# 简泉农场不简单

# 贺兰山上的星星

贺兰山,
扎起胳膊够着天。
三月十五人如海,
家家户户去朝山。

这是我两三岁时学会的儿歌,也是我人生中学到的第一首歌谣,至今我都牢记着它。贺兰山就是我每天都能从后窗中和院子里看到的山,它就在我家的西边,像一头藏蓝色的神兽卧在那里,背上还有闪烁着白砂糖般耀眼光亮的积雪,无论冬夏都不会消融。

大人们说古时候杨家将曾经在贺兰山下打过仗,大人们还说当年岳飞也在这里打过仗,金兀术和哈迷蚩就是在这里被打败的。我相信他们说的都是真的,因为我在课外书上看到过岳飞写的一首词,叫《满江红》,其中有一句是"靖康耻,犹未雪。臣子恨,何时灭。驾长车，踏破贺兰山缺。"

一开始我不知道"贺兰山缺"是什么意思，不明白岳飞为什么不直接踏破贺兰山，而要踏破贺兰山缺，后来几经琢磨，我猜"贺兰山缺"就是贺兰山中的缺口的意思。贺兰山朝南北两个方向延伸，向北看看不到头，向南望也望不见尾，谁也不知道它究竟有多长，更不知道它身上究竟有多少个缺口。不过，在我家的山后就有一条巨大的峡谷，它就像是被传说中的巨灵神用大斧头砍出来似的。我和伙伴们曾经到大峡谷中探过险。我们每个人都随身带了馍馍，边走边吃，走了半天的时间仍没有走到头。峡谷像羊肠子一样弯弯曲曲、绕来绕去，除此之外，它还时宽时窄，时陡时缓，越往里走，两旁的巉岩就越嶙峋古怪。峡谷中的光线十分阴暗，偶尔传来的鸟啼和鹰唳凄厉恐怖。最后，我们惊讶地发现峡谷居然开始分叉，它像叶脉一样分成了十多个小的峡谷，这些小峡谷也曲曲折折地延伸至看不见的远处，不知道它们通向哪里，也不知道它们究竟有多深。不得已，我们只好掉头往回走，因为我们害怕万一天黑前回不到家，会有什么危险。

贺兰山是座鲜有草木的濯濯童山，不过，它并不是座蝉喘雷干的旱山。有一条清澈的山泉就从那条我们未能走到头的峡谷中流淌出来。它沿着曲折的峡谷蜿蜒蛇行，一直流到山脚下。山泉水潺潺流淌，在阳光的照射下闪动着比崭新的钢镏还要明亮的银光，有的时候还能瞧见静悄悄在水底一动不动的小虾。夏天我们口渴时会直接用手舀几捧山泉水喝，它虽然没有水果冰棍那么甘甜，但很清凉，能够帮人消散暑热。

大人们把这条绝无仅有的山泉叫作简泉。我曾经向爸和妈询问过这个名字的由来，但他们也不解其意。我又向几位上了年纪的人打听，他们模棱两可地说"简泉"有可能是"碱泉"的谐音，一开始从峡谷里流出来的泉水是盐碱水，人和家畜都喝不了，大家就把它叫作"碱泉"。因为"碱"字笔画比较多，便进行了简化，将它称为"简泉"，将坐落在山脚下的农场称为"简泉农场"，这样大家在写信和发电报时能省不少事。

我对这一说法充满了怀疑。我不相信峡谷里曾经流出过盐碱水，如果真是如此的话，这里早就没有人烟了，可我在附近的山坡上发现过岩画，还发现过石刻塔，这说明很久以前就有人在此居住，他们自然是靠山泉水来生活的。我琢磨了很久，最后认定山泉并没有改过名字，它一开始就叫简泉，毕竟它清澈纯净、简简单单。最早给它取名的人定然极有学问，他知道世上的至简之物反而至美至奇，比如说司空见惯的日月和云朵。想到此处，我不再疑惑了，也更加喜爱源自山间的简单的泉水。

山脚下有一个圆形的、用巨石修筑成的涝坝，它专门用来积蓄泉水，用以浇灌山下的农田。涝坝有三四米深，十几米宽，砌筑它的石头被山风和阳光磨得圆润发亮，长满了绿色的苔藓。听大人们说，涝坝是西夏国的昊王兴修水利时修建的，有好几百年的历史了。我家所在的简泉农场就在涝坝下。听我爸妈说，农场刚刚建立的时候规模很小，只有两个生产队，因此田地的灌溉和人畜的饮水全靠涝坝里的山泉水。后来从各地迁来的移民越来越多，生产队扩展成了五六个，涝坝里的水就不够用了。不得已，农场组织人力挖了一条西干渠，从黄河里引水。由于地势高，加之渠很窄，能引来的水并不多，农场里仍旧时常因缺水而困扰。

简泉农场的每个生产队里都有一所小学，开设一到三年级的课程，而四年级以上的学生就要集中到农场场部的中心小学里就读，并且在那里住校。我所在的第四生产队小学是用旧仓库改造而成的，一间大仓库被隔成三个房间，就成了一、二、三年级的教室。由于土坯墙隔砌得不严实，三个年级上课时能够听见彼此的讲课声，有些顽皮的学生还将墙体上的孔隙一点一点地掏成小洞，把眼睛凑上去，观察其他年级学生的一举一动。这所小小的学校甚至连院墙和操场都没有，门前不知被谁丢弃的一个沉甸甸的大石碾子就成了我们的滑梯和转椅，我们天天在上面攀上爬下，把原本被风雨侵蚀得粗糙暗淡的石碾子硬是磨得和铜扣子一样光亮。

简泉农场场部中心小学就要大得多了，有好几排红砖砌成的教室，有一个能踢足球的大操场和一个篮球场，最让我们羡慕的是学校院子里还有一个货真价实的铁皮滑梯。每年的六一儿童节，各个生产队小学的学生都会去场部中心小学参加儿童节游行，大家举着花环，喊着口号，显得声势浩大。游行结束后，我们这些来自生产队小学的学生都挤到又高又大、被磨得锃亮的滑梯前排着队坐滑梯。我们都盼着尽快去中心小学上学，那样的话每天都能够耍上滑梯。

六月底，我从第四生产队小学毕业了，接下来就要到几公里外的场部中心小学念书了。当然，在去场部中心小学上学之前，我还有两件事要完成，一是学会骑自行车，这样每个周末往返学校时才方便些；二是帮家里把麦子收完。我爸妈都是寒耕热耘的农工，依靠种田为生。我家总共种了十亩小麦和十亩玉米，我目睹了小麦从发芽、出苗到拔节，再到抽穗、开花和灌浆的过程。最初的麦地像一张蓬松柔软的绿毯，接下来麦苗天天长，长出了细长笔直的茎秆，抽出了新鲜、娇嫩的麦穗。

差不多七月刚过，小麦便进入了蜡熟期①和完熟期，整片麦地褪去了绿色换上了金装，远远看去像饲养场里你拥我挤的鸭子，也像一团迷迷茫茫的金色的雾。与此同时，空气中飘来一种似有若无、非苦非甜、充满着热烈与温煦的味道，它正是已经熟透、待收割的麦穗的气味。

---

① 蜡熟期：禾谷类作物的中熟期。此时籽粒灌浆减慢，胚乳物质呈凝胶状态，如蜡状，接近成熟。

割麦子是件异常辛苦的事情。七月的太阳就像是个任性的孩子，脾气暴躁，它把大团大团的火丢下来，把大片大片的光抛下来。在这样的天气里挥舞一天镰刀，人累得连腰都直不起来，连说话的力气都没有。除了酷热和劳累，铺天盖地的蚊虫和扎痒无比的麦芒也增加了人的痛苦。农场里虽然有两台康拜因（联合收割机），但各个生产队的麦地太多，它们也力不从心。加之小麦的最佳收割期很短，一旦成熟过头，麦粒就会自行脱落，所以大多数情况下我们仍得依靠人力一镰刀一镰刀地收割。

我爸妈每天天不亮就到了麦田，天完全黑才回来。他们拼了命般地挥舞着镰刀，想要抢到最好的收成。为了减轻他们的负担，我也会提把镰刀到地里帮忙。烈日暴晒，蚊虫叮咬，腰酸背痛……一天下来，我几乎累得脱了形。

总算把沉甸甸的麦穗都收到大场上，紧接着还要继续顶着烈日脱粒和扬场。刚脱粒的小麦里面混杂着许多麦糠、麦秸和麦穗，得将它们扬干净才能将麦粒入囤归仓。扬场需要扬场机来进行。所谓扬场机，其实就是个一人高的大铁风扇，一旦拉闸开动后，它的几片大铁叶片便飞快地转动起来,像发怒的怪兽怒吼着,吐出一阵阵强劲的风。终于将晒干扬净的麦子入囤归仓后,我们全都被晒褪了几层皮,面庞黝黑,就像是电视里的非洲人。

麦粒归仓后,我们总算能缓口气。傍晚时分在院子里乘凉时,我妈总是充满期盼地说:"农场里的人啥时候能不用这么辛苦就好了。"

我爸回应道:"那得靠提高农业机械化的水平,还得靠发展农业以外的产业。"

我妈说:"我知道农业机械化就是用康拜因那样的农机,农业以外的产业是啥?"

我爸想了想说:"比方说建牛奶加工厂和冰棍厂,还可以让城里人来农场观光。"

我妈幽幽地叹了口气说:"这些怕是不容易实现吧?"

我爸也轻轻叹口气:"一定会实现的。"最后他们一齐叮嘱我要努力学习,将来考上大学,就不必受这份辛苦了。

夏收结束,我爸顾不上休息,抓紧时间教我骑自行车。场部中心小学在几公里之外,每周往返学校靠两条腿走路显然是不现实的。

家里只有两辆二八大杠自行车,我爸用稍旧的那一辆教我。对我这般年纪的娃娃来说,二八大杠自行车显得过于高大了,我们的脚够不着脚镫了,只能把腿伸进三角梁里掏着骑。

一开始,我的双手紧紧握着车把,掌心里全是汗,但车把和车轮就像是成心要和我作对似的,我分明想往左拐,它们却转向了右边;我分明想拐到右边,它们又偏偏朝左转。我越紧张就越手忙脚乱,越害怕就越容易摔倒。

我的手掌上被蹭掉了一大块皮,胳膊也磕青了几处,但自行车就像倔强的公羊一样,仍旧不服从我的驾驭,我有点灰心丧气了。最后我爸看出了问题的所在,他对我说:"你不要害怕摔跤,摔几次你的胆子就大了,胆子一大你的手脚就能放开了,手脚放开了你自然就会骑了。"

于是,我爸将自行车推到了几里外的一条尘土飞扬的路上。这条路没那么瓷实,在上面骑自行车多少有些费劲,但好处是摔倒之后人不容易受伤,路面上厚厚的土就是天然的垫子。

果然如我爸所料，在土路上接连摔了几次后，我内心的恐惧感渐渐消退了，双臂没有那么僵直了，四肢也配合得更加协调，我终于驯服了这个比公牛还要犟的铁家伙了。

[第二章]

# 得遇良师沃新花

繁忙而充实的暑假匆匆过去了。九月的第一天，天空中飘洒着若有若无的牛毛细雨，它们闪动着鱼鳞般的银光，轻轻地落在路旁已经微微发黄的荒草和星星点点的野花上。它们也落在了我们的脸上和脖颈中，让我们的皮肤既感到清凉又有一些发痒，就像是被一只只小手轻挠。

我和陈东、叶伟、王云峰相约到场部中心小学报到。我爸提前将那辆永久牌自行车仔细收拾了一番，又给链条上了黑色的润滑油，这样骑起来能省些力气。车后座上捆着我妈新缝的被褥。

一路上空气洁净清新、沁人心脾。呼吸着这湿润美妙的空气，我的心里也充满了似有若无的悸动和同野花一般的星星点点的希望。我朦朦胧胧地猜测到接下来的日子一定新奇而有趣，一定比在第四生产队小学里的日子要精彩得多。

场部中心小学的大门很气派，它是两扇用宽窄不一的铁条精心焊接出来的铁门，铁条还焊出了草叶和花朵的图案。大铁门的两旁是两面八字形的白墙，上面分别用美术体写着"德智体美全面发展"八个大字。

场部中心小学有一整排砖房当办公室用，报到就在最西头的一间办公室门前进行。一名戴着金丝边眼镜的年轻女老师负责登记我们的姓名和班级，另一位年长些的男老师负责给住校的学生发住校卡和钥匙。

两位老师都显得干练利落。年轻的女老师问我叫啥名字，该上几年级。我回答说："我叫杨华，该上四年级。"我有些胆怯，声音很小，她听不太清楚，便微笑着让我自己在登记表上写名字。我握着圆珠笔在表格上歪歪扭扭地写下了自己的名字。

住校卡上写着每个住校生的宿舍号以及宿舍里的八个人的名字。我和陈东、叶伟分到了一个宿舍，这令我们很高兴，因为我们彼此熟悉，可以相互照顾。王云峰被分到了别的宿舍，这让他闷闷不乐。

我们几个背着自己的铺盖到了最东头的宿舍前，宿舍里整齐地摆放着四张高低床，靠里两张靠外两张。下铺的床位上已经放上了被褥，我们便将自己的铺盖放到上铺。

女老师说下午才分班级、领新书，于是我们决定再进一步熟悉一下学校的环境。学校的大门朝南开，对面一公里处就是场部机关和场部家属院。我们绕到几排红砖教室后面，发现学校的最北头居然种着好几亩玉米。九月时节，玉米、高粱和葵花这样的秋作物都已经临近收割了。一根根笔直的玉米秆像做广播体操的学生一样整整齐齐地排列着，它们每个都欢天喜地地怀抱着一个或两个鼓鼓囊囊、沉甸甸的玉米棒子，玉米棒子顶端的金黄色已经清晰可见。我们猜这是学校的自留地或者试验田。

接下来，我们三个有了更重大的发现。在玉米地的东头还有一个棚子，里面居然养了两大一小三只骆驼，其中的两只看上去是母子，小骆驼寸步不离地依偎在大骆驼身旁，而另一只是皮毛斑秃、行动缓慢的老骆驼。我们不明白学校里为什么会养骆驼，最后也只能猜测它们是学校用来教学的动物，听同学说到了高年级就会有一门关于动物和植物的课程。

回到宿舍后，下铺的几个舍友已经回来了，我们很快就知道了彼此的姓名。我下铺的学生叫李建国，另外三个下铺的学生分别叫王瑞明、周学乐和郭祥，而靠里上铺的学生名叫田忠，他们都来自第三生产队小学。

下午分了班，我和陈东、叶伟被分到了四年级一班，而王云峰他们几个被分到了四年级二班。场部中心小学的教室里不仅有像模像样的水泥讲台，用白灰粉刷过的砖墙上还贴着爱迪生、居里夫人、牛顿等科学家的彩画。教室里的几扇窗户也又高又大，从朝南的一面望去，满眼都是明晃晃的阳光；从朝北的那面望去，能够看见不远处高高耸立的贺兰山。

坐在这样明亮、干净、气派的教室里，闻着新课本的油墨味儿，抚摸着崭新光滑的封面，打量着里面精致的插图，我的心里充满了欣喜和希望。

不多时，早上负责给我们报到登记的那名年轻女老师走了进来。她自我介绍道："我姓桑，叫桑红英，是你们的班主任，同时也是你们的语文老师。"

我张大了嘴巴，觉得自己太幸运了，这么温柔可亲的老师竟然就是我们的班主任。桑老师按个头大小给同学们排了座位。我的个子较小，被分到第一排，我的同桌是一位家在场部的女生，叫裘芳，穿戴得很干净。

在生产队小学里，老师大都说方言，但桑老师说的是悦耳动听的普通话。她对我们说："同学们，我今年夏天刚刚从师范学校毕业，你们是我正式带的第一届学生。希望你们能够树立远大的理想，遵守纪律，尊敬师长，勤奋学习，追求上进，将来为把祖国建设成四个现代化的社会主义强国贡献自己的力量。"

同学们鼓起掌来，手掌都拍得通红。

下课后，裘芳告诉大家："桑老师是桑场长的女儿，场部中心小学里正儿八经的师范生只有她一个。不过你们知道吗？场部中心小学里还有一位独一无二的大学生，就是教自然课的王老师。"

我们都张大嘴巴，对未曾谋面的王老师充满钦佩，也更加庆幸自己能到场部中心小学来读书，这里真是人才济济啊！

晚上，在食堂里吸溜吸溜地吃完面条后，我和陈东、叶伟相约着去玩滑梯。和我们抱有同样想法的人有很多，我们丢下饭盆风风火火地跑到那里时，已经有十几个来自不同生产队的学生排在滑梯下。此时,一轮硕大无比的圆月正悄悄地从东边的云翳中钻出来,就像是突然间从水里蹦出来的金色大鱼。月光落在被磨得锃光瓦亮的滑梯板上,仿佛有一条金色的小河潺潺流过。月光也让校园里的那片玉米地闪烁着点点粼光。校园里的一切都笼罩在一片朦朦胧胧的金雾中,就像是童话中才有的曼妙场景。我们也像童话里无忧无虑的小精灵一样,将滑梯玩了一遍又一遍,直到裤子都快被磨破,才意犹未尽地回到了宿舍。

宿舍顶上用一长条一长条的塑料纸吊了顶棚,但已经有好几个地方烂出了拳头大的窟窿。唯一让人感到宽慰的是从屋顶上吊下来的那个大大的灯泡。在家的时候,我们为了省电用的都是20瓦的灯泡,而宿舍里的这个灯泡居然是40瓦的。它有些晃眼睛,简直就像是一颗小小的太阳或者一颗巨大的星星。在这样明亮的灯光下看书、写作业绝对不会伤眼睛,就连那些蝇头小字也能够看得一清二楚。

晚上十点,宿舍准时熄灯。之前我只偶尔在亲戚家住过,此刻睡在陌生的宿舍中,竟然久久难以入眠。月亮正渐渐移向苍穹正中,宿舍窗户外有朦胧的清辉，宿舍的地上也有一小片被窗棂的阴影切开的金色的月光。宿舍里散发着一股掺杂着霉味、汗味和脚丫子味的陌生的气味，同我在家里闻到的气味完全不同。我侧过脑袋望着窗外半明不暗的光，竟有些想家了。

不知过了多久，我终于迷迷糊糊地闭上了双眼，但我马上被一阵扑喇扑喇的声音扰醒。声音是从破旧的顶棚上发出来的。在黑暗中又屏息凝神听了一小会儿后，我猜出来了，这些是栖居在顶棚里的梁鼠奔跑时发出的声音。

农场里的老鼠有三种：一种是居住在田地和荒滩里的田鼠；一种是躲藏在房屋地洞中的家鼠；还有一种就是不会打洞，但会像燕子和麻雀一样在房梁上筑窝的梁鼠。梁鼠是真正的"梁上君子"，它们善于攀爬，在地面上偷吃完东西后就回到房梁上、木椽的缝隙中和顶棚上，捕捉它们远比捕捉普通的家鼠费劲。

我没有想到学校宿舍里也会有梁鼠，此时此刻它们一定吃饱喝足了，像精力充沛的小马一样在顶棚上跑来跑去，追逐嬉戏，全然不顾下面还有人要休息。睡在我下铺的李建国也被吵醒了，他蓦地拉开灯，找到一根短木棍，气呼呼地跳到我的铺上，用木棍朝顶棚上捅。

梁鼠们不敢再那么肆无忌惮地奔跑了，它们躲回了窝中，顶棚上终于安静下来。我们以为梁鼠再也不敢出来造次了，没想到的是，过了大约半个小时，就在我们重新进入梦乡的时候，这些按捺不住的梁鼠又在顶棚上哗啦啦地跑，李建国掀开被子咬牙切齿地跳到我的铺上又用木棍击打顶棚。梁鼠们又躲了起来，但当我们再次熄灯小睡后，它们又出来闹腾。如此反复折腾了几次，就连李建国也筋疲力尽，束手无策了。他回到自己的铺上，把被子蒙在头上。我们也都这么做，叶伟和田忠甚至将枕头压在了自己的脑袋上。

在场部中心小学的第一个夜晚就这样度过了。

新学期的课程开始了，桑老师不愧是从师范学校毕业的高才生，她讲起课来声情并茂，格外投入，尤其是她字正腔圆地朗诵课文时，真的能够将我们带入文章所描述的情景中。

"大海退潮了。海面上露出美丽的珊瑚，有红的，有白的，还有花的。它们一丛一丛，有的像鹿角，有的像扇面，有的像菊花，有的像树枝……"

我们从来没有见过大海，更没有见过珊瑚，但桑老师抑扬顿挫、引人入胜的朗诵让我们仿佛真的来到了碧波浩渺的大海边，看见了遗落在沙滩上的奇形怪状的珊瑚。

场部中心小学的桑校长也多番鼓励我们要勤奋学习。他在讲话中说："大数学家陈景润你们一定都听说过。他屈居在一间只有六平方米的小屋里，没有书桌他就伏在床板上演算，没有电灯他就靠蜡烛照明，他演算的草稿纸装了整整几麻袋。凭借着这种吃苦耐劳的精神，他攻克了世界上著名的数学难题'哥德巴赫猜想'，摘取了数学皇冠上的明珠。你们今天的学习和生活条件要比陈景润好许多，你们都要向他学习，将来也要成为数学家、科学家和工程师，为你们的父母争一口气，也为你们的母校增光添彩。"

我们激动地鼓着掌，每个人的脸上都红扑扑的。听裘芳说桑校长是桑老师的亲叔叔，他们家可真是名副其实的教育世家。我们上了语文课、数学课、音乐课和美术课，但一直没有上自然课。或许是因为从没

### 贺兰山上的星星

我们趴在木栏上努力将手伸向小骆驼，这个时候母骆驼就会过来保护自己的孩子，它会耸起脖子，扬起脑袋，冲我们喷口水，将我们赶走。

HELAN SHAN SHANG
DE XINGXING

有见到过大学生老师，我们都对这门课充满了期待，掰着手指头计算着开课的日子。

课间时，我总是来回翻着色泽鲜艳的《自然》课本，打量着封皮上的那个双手举着望远镜仰望星空的小女孩以及书页中的内容。课本的目录显示前几课都同植物有关，它们分别是《植物的叶》《制作叶的标本》《植物的根》《植物的茎》《植物的果实》《植物怎样传播种子》。

就在心心念念的期盼中，我们终于迎来了首堂自然课，推门进来的正是"大名鼎鼎"的王老师。在我的想象中，他应该戴着一副深度近视镜，皮肤白皙，头发齐整，身材瘦削，文质彬彬。但出现在我面前的是一位体型匀称、皮肤黝黑的青年。他既没有戴眼镜，也没有穿那种纤尘不染的白衬衫。他双眼炯炯有神，身上的蓝灰色衬衣既合体又耐脏。从肤色和穿戴来看，他应该经常从事户外劳动，这让同学们感到有些意外。

王老师用和桑老师一样标准的普通话作自我介绍："我叫王孝，大王小王的王，孝顺的孝。从这学期开始你们就要上自然课了，这门课就由我来教授。"

王老师扬了扬课本,却没有打开它,然后对我们说:"你们都是农场的孩子,大自然对你们来说再熟悉不过了。你们每天都能瞧见日月星辰、高山平原,都能触碰到野花野草,抚摸到家禽家畜,它们全都是大自然的组成部分。按照课程的要求,我先要给你们讲授植物方面的知识,植物对你们来说更为熟悉了。你们每天都能见到的柳树和杨树是植物,你们随处可以看到的野花野草是植物,你们父母种的小麦、玉米、高粱和向日葵也是植物,还有你们天天吃的黄瓜、西红柿、山芋和大白菜全都是植物。实际上,你们每天都在和各种各样的植物朝夕相伴,你们就生活在植物的包围中。因此,这几堂同植物有关的自然课我们不在教室里上,而是到教室外面上。为了避免影响其他班级上课,我们到学校外面的滩地上实地辨认植物,你们每个人都要尽可能地寻找自己不认识的植物,我会告诉你们它们叫什么名字,又有什么属性。"

我们难以置信地相互望着,除了体育课外,我们还从未在教室外面上过课呢。我们本想带上《自然》

课本，但王老师却摆摆手说："不用带课本，也不用带铅笔和本子。贺兰山边有许多草木，那些活生生的植物就是最好的课本，它们的叶片就是最好的书页。"

于是，我们赤手空拳，轻装上阵，排着队来到了学校外面。午后的贺兰山显得更加峥嵘苍凉，更像是巨兽耸起的背脊。眯着眼睛将它又打量了一番后，我和同学们四下里寻找起自己心仪的植物来。此时已是秋天，天空明澈而深邃，有一种说不出的安逸和干净，但大地上荒凉和萧瑟的气息已经像老鹰一样在来回盘旋，它们所经之处的蒿草都开始枯黄、卷曲。

裘芳发现了一簇乱蓬蓬的酷似在理发店里被烫过的头发的野蒿，她指着它大声问："王老师，这是什么植物啊？"

王老师走了过去，我们也围了过去。王老师略作观察后说："这是银柴胡，它是石竹科的植物。它还是一种药用植物呢，能够退烧，还能够凉血。"

听到这儿，胖乎乎的曹建强叫起来："我上个月发烧，大夫给我打的就是柴胡注射液。"

听曹建强这么说，大家都"哇"地叫出声来。王老师解释说:"银柴胡和柴胡虽然名字很像,但它们是两种植物。银柴胡有枝干和叶子,而柴胡看上去像藤蔓。柴胡常常用来治疗感冒发烧,而银柴胡多用来清除虚热。"

王老师居然懂得这么多,我们对王老师愈加尊敬了。

汪霞发现了一棵匍匐在地上的、叶片酷似榆钱叶的植物。王老师说:"这是野生的甘草。甘草也是药用的植物,它可以清热解毒,还可以祛痰止咳。"

陈东在稍远处发现了一种叶子像一根根长针的植物。王老师告诉他:"这是麻黄。"王成也发现了一种叶片像袖珍的松树的植物。王老师说:"这是蕨菜,它可以当菜吃,既可以凉拌着吃,又可以炒着吃。以前闹饥荒的时候,它可是求之不得的野味呢。"

王成难抑心中的好奇,俯下身来,伸出舌头,在一片蕨菜叶子上轻轻舔了一下。他的这一举动引得大家哈哈大笑,就连王老师也被逗笑了。王老师亲昵地摸了摸他的脑袋说:"蕨菜可不能生吃啊!另外现在没有闹饥荒,所以你也没必要吃它。"

王老师又帮助我们辨认了好几种植物。曹建强一脸钦佩地说:"王老师,您简直是亲尝百草的李时珍啊!您都能写一本《本草纲目》了。"

王老师摆了摆手说:"地球上的植物有三四十万种,我见过和认识的只是九牛一毛。大自然比我们想象的要丰富和神奇得多,你们见的越多,知道的越多,就越会相信这一点。"

我们若有所思地点点头。

这时候,汪霞在一旁喊叫,原来她在一棵灌木下发现了一簇已经烂掉了一半的蘑菇,她骄傲地说:"王老师,我又发现了一种植物。"

王老师摇了摇头说:"蘑菇不是植物。"

"蘑菇不是植物?"汪霞一脸惊奇。我们也像是听到了最不可思议的事情,个个把嘴巴张圆。

王老师肯定地点点头。

王成壮着胆子问:"蘑菇不是植物,难道它是动物?"

王老师笑着说:"它当然不是动物,它又不会捕食。"

我们面面相觑,不明白总会在雨后见到的蘑菇究竟是什么。

王老师望着满脸困惑的我们，指着那簇快要烂掉的蘑菇说："蘑菇既不是植物也不是动物，它是真菌。动物、植物、细菌、病毒、真菌等都是生物。真菌没有叶绿素，因此它不是植物；它也不能够运动和捕食，因此它也不是动物。它靠从动物和植物的身体以及排泄物内汲取营养，因而属于一个单独的门类。真菌的大小差别很大，除了你们常见的蘑菇外，还包括做馒头、面包用的酵母菌以及出现在变馊了的饭菜上的霉菌。"

这是我，也是所有四年级一班的同学第一次听说真菌。在此之前，我们都想当然地认为蘑菇是不折不扣的植物，而发面用的酵母和馊馒头上长的毛都是某种细菌。

不知道其他人有何感受，此刻我有一种说不清道不明的感觉，仿佛有一块天空跃进了我的双眼中，又仿佛有什么亮晶晶的东西飞进了我的头脑中，我的大脑一下子变得宽广了许多，眼界也变得开阔了许多。

我喜欢上了王老师的自然课。以前我和大家一样，最渴望上的是体育课，因为在体育课上我们可以纵情地奔跑、跳跃，还可以玩飞盘、跳绳，玩顶牛和跳山羊的游戏，但现在我最渴望上的是自然课。从王老师这里，我可以学到很多知识，而这些知识是书本上没有的，也是从其他地方无法学来的。

第二堂自然课，王老师依然将我们带到了学校外的滩地上，他要现场给我们讲解植物是怎样传播种子的。王老师先找到一粒毛茸茸的蒲公英种子，将它轻轻抛到空中，让它飘飘荡荡地飞走。他对我们说："这是植物传播种子的第一种方式，借助风力让它们飘到很远的地方。除了蒲公英种子外，柳絮和棉花也是用这种法子来传播种子的。"

他又捡到几颗长满小刺的苍耳，将它们一个一个地粘到自己的裤腿上说："这是植物传播种子的第二种方式，让种子粘到人或者动物的身上，这样也能够将它们带出去很远。"

我们信服地点了点头。

王老师接下来找了很久，终于又找到一株野豌豆。野豌豆的豆荚已经裂开，他指着躲藏在里面的几粒细小的豆子说："这也是植物传播种子的一种方式。豆荚成熟变干后，就会以很大的力道将豆子崩出去。它们起码能崩出去好几米远呢。"

秋日的阳光和煦又温暖，还有无数个闪耀着彩虹光泽的微光隐藏在其间。我们的身上暖烘烘的，心里也充斥着渴求知识的光亮。

王老师捋了捋头发，对兴致盎然的我们说："我们稍微休息一下吧！你们一定渴了或饿了。贺兰山脚下有许多野酸枣树，这个季节野酸枣都成熟了，我们去打野酸枣吃。"

"噢！"我们高兴地叫起来，紧紧跟在王老师身后朝山坡处走去。

贺兰山脚下稀稀拉拉地生长着一些野酸枣树。山脚下全是石头，没什么养分，因而它们矮小枯瘦，结的果实也远比家枣小，只有指头蛋那么大。每年九、十月份，野酸枣个个红紫圆润，酷似玛瑙。野酸枣生津止渴，但也不能多吃，吃得太多的话牙就会被酸倒。

我和陈东、叶伟以前在山脚下打过野酸枣。在我们几个的带领下，大家很快就在一条浅沟边找到了好几棵野酸枣树。我们每个人都吃了一大把野酸枣，然后将核吐到山脚各处。这时候，王老师指着地上的野酸枣核对我们说："同学们，可能你们没有留意，但你们刚刚在无意中已经帮野酸枣树传播了种子。这就是植物传播种子的第四种方式，它们靠人或者动物将果实里的种子带到远处，有的果实种子在吃的时候就会被吐掉，而有的果实种子连同果肉被吃进肚里再被排泄出来。"

我们恍然大悟，王老师在我们休息之时又直观形象地让我们了解了又一种植物种子的传播方式。

在返回学校的路上，王老师给我们讲解了植物传播种子的最后一种方式，他说道："有些水生植物和生长在海边的植物是靠水流来传播种子的。比如说莲花，莲蓬中的莲子成熟后就会落到水里，被水流带到其他地方，然后慢慢落到淤泥里生根发芽。还有椰子，它成熟后也会从树顶掉落到海里，被海水带到其他岛屿和海滩上，在那里发芽，长成新的椰子树。我们这里是北方，很少有莲花，也没有椰子树，不过你们以后考上大学去了南方，就能够见到湖泊和莲花，也能见到大海和椰子树。"

王老师的话令我们神往。我们都努力想象着湖泊和大海的模样，它们一定比涝坝大很多很多倍。

第三堂自然课上,王老师教我们制作腊叶标本。这堂课有一半是在学校外面上的,有一半是在教室里上的。王老师让我们每人采一片植物的叶子,所选的叶子要尽可能完整和鲜绿,不要有虫眼和破损之处,也不要有枯萎和烂掉的部分。

大家四散开,分头去找自己心仪的植物叶子。陈东选的是一片沙枣树叶,叶伟选的是一片灰条的叶子,而我挑选的是一大片完整的蕨菜叶子,因为它的叶片茎部还有一朵金黄色的小花。

我们生怕叶子会被撕破或戳坏,用双手小心翼翼地捧着它们回到了教室里,就像是捧着什么价值连城的宝贝。

王老师说:"按理说我们应该先用吸水纸将叶片中的水分吸干,可是学校经费紧张,没法购买吸水纸,我们就用旧报纸来替代吧。我试验过了,报纸也具有一定的吸水性。你们用两块旧报纸将新鲜的叶子上下夹住,然后将它们放在玻璃或者平坦的桌面上,再用砖头或厚字典压上三四天。三四天后,叶片中的水分也就被吸收了,只剩下表面的一层腊质,它们会被压得平整而美观。

"这个时候，将叶片用胶水或者胶布固定在白色的硬纸板上就行了，再在硬纸板的右下角写上植物的类别、名称、采集地点、采集日期和采集者姓名，一张正规的植物腊叶标本就算大功告成啦！你们可以将腊叶标本夹在不经常用的书本里，并且将它放在相对干燥的地方，只要轻拿轻放不让它破碎和脱落，可以保存很多年呢！那个时候你们都已经长大了，说不定已经上了大学，成了大学生，再看这腊叶标本时，你们一定会有很多感触，因为它是一段活生生的童年记忆呢。另外，腊叶标本也具有很高的收藏价值和科研价值。现在的耕地越来越多，荒地越来越少，有许多野生植物正在失去生存的空间，今天看似普通、满地都是的植物兴许在十年二十年后就难觅影踪了。那个时候，你们手中的腊叶标本可就真的成了宝贝了。"

我按照王老师所讲的方法将翠绿的蕨菜叶子夹在报纸中，又将它们用一块洗干净的砖头压在书桌面上。几天后，蕨菜叶子果然变干变平整了，就连它所附带的那朵黄色的小花也如同印刷出来的一般。我用胶水小心翼翼地把它固定在王老师发的一张书本大小的白纸板上，尽量工整地在右下角写下了这片叶子的名称、种属、采集时间和地点以及自己的名字。我爸有一本早就不用的厚厚的《实用兽医手册》,我便将腊叶标本夹到了书中。

自然课让我体验到了大自然的种种神奇并获得了莫大的乐趣。

场部中心小学的学习生活是新奇的,当然生活不仅有欢乐,也有烦恼。

[第三章]

# 夜半捉"鬼"行动

我们一开始以为那三只骆驼是王孝老师饲养的、用来给我们上自然课的动物，后来才发现每天都是于师傅在喂养它们，他还经常用钝铁耙给骆驼们梳理毛发，给它们清理圈舍。放学后，于师傅便将老骆驼和母骆驼从圈舍里牵出来，让它们在校园里兜着圈散步。于师傅牵着两只大骆驼在前面走，小骆驼像小驴驹一样亦步亦趋地跟在后面。每每这个时候，我们也会好奇地跟在后面，但于师傅不让我们离骆驼太近，他总是吓唬我们说："驴马骡子踢人，骆驼也会踢人，小心骆驼一蹄子把你们踢着。"

我们不清楚骆驼究竟会不会踢人，但忌惮它们那高大的体形，我们还是不敢靠得太近。

耸着两个肉瘤般的驼峰的老骆驼和母骆驼很听于师傅的话，我猜一方面是因为于师傅天天喂它们，另一方面是因为它们的鼻子里都插着一根尖尖的鼻棍，只要轻轻拽动鼻棍，它们就会感到疼，就会对人百依百顺了。

我们曾经不止一次地围在用结实的木椽搭建成的圈舍前打量着两大一小三只骆驼，对它们评头论足，指指点点。三只骆驼都长着又黑又亮的大眼睛和童话中公主才有的长长的睫毛，相形之下，它们的耳朵却很小。除了两个毛茸茸的驼峰外，它们的驼掌也格外奇特，又宽又大，像是一个大圆盘子，两双脚上还长着厚厚的肉垫子。骆驼们有时候站着有时候卧着，站着的时候就把舌头歪在一边，充满警惕地张望着我们；卧着的时候像牛和羊一样反刍，嘴巴左右扭动着咀嚼不久前咽进肚里的草料。骆驼的嘴巴同兔子的嘴巴有些像，是三瓣的，看上去很滑稽。我一直不明白它们为什么会长这样的嘴巴，也许是为了方便啃食蒿草吧。

相形之下，我们都很喜欢那只毛茸茸的小骆驼。它背上的驼峰还没有完全长起来，因而看上去更像是一匹可爱的小马。我们总想摸摸它的鼻梁和它身上的长毛，但它总是怯生生地望着我们，不肯离我们太近。有的时候我们趴在木栏上努力将手伸向小骆驼，这时母骆驼就会过来保护自己的孩子，它会耸起脖子，扬起脑袋，冲我们喷口水，将我们赶走。骆驼的口水很难闻，被喷到后得洗好几遍脸才能弄干净。

有一回，胆大的李建国趁于师傅不在，翻进圈舍中想要骑小骆驼。母骆驼自然不会视而不见，它不仅喷了李建国一脸白沫，还在他的肩膀上狠狠咬了一口。我们这才知道原来骆驼也会咬人。李建国慌里慌张地在圈舍里兜着圈逃命，而母骆驼则不依不饶地追赶着。最后，李建国总算翻过栅栏逃了出来，从此再也不敢翻进去骑小骆驼了。

有时候我们真的很羡慕于师傅，三只骆驼对他既亲昵又信任，远远见到他就会将长长的脖子探出栅栏外，高高兴兴地仰着脑袋。我猜就是于师傅骑在它们身上，它们也心甘情愿。

深秋来了，原本澄澈、旷远的天空像被谁抹上了一层淡淡的忧郁，它笼罩着矗立了亿万年的贺兰山以及贺兰山下的荒滩、旷野、良田和屋舍。

这个时节，即便在白天也能见到若隐若现的、薄薄的、银子一般的月亮。远处的田野上也总会升起一缕缕黑色的烟尘，像一只只手臂伸向即将变得灰蒙蒙的苍穹。

天一冷,人的小便也就多了起来。以前我们能一觉睡到大天亮,但现在非得在半夜三更去趟厕所不可。场部中心小学的厕所离宿舍很远,在学校的最北头,紧靠着那片玉米地。这个季节玉米棒子已经完全成熟了,而玉米叶子早就枯黄衰朽,它们更容易被秋风扫荡和凌虐,发出怪异的窸窣声和有些骇人的嘎嘎声。

大半夜里,若是天上有月亮还好,起码能够借着月光看清脚下和周遭的情况;若是恰逢黑黢黢的无月之夜,独自行走在空荡荡的校园里,听着山风发出的呜呜声和玉米叶子发出的哗啦声,真的有一种毛骨悚然的感觉。

李建国、王瑞明、周学东、郭祥和田忠来自同一个生产队,他们从小熟识,总是两个三个地约着上厕所,我和叶伟、陈东也总是在他们起夜时趁机跟出去。

这天夜里,我正熟睡时,叶伟从旁边的铺位上探过身子,轻轻把我推醒,小声对我说:"杨华,你能陪我上个厕所吗?"

很显然，他一直在等李建国、王瑞明、周学东、郭翔和田忠当中的某一个起夜，但那天夜里他们偏偏睡得都很死。叶伟实在憋不住了就来喊我帮忙，毕竟他不好意思在大半夜里推醒其他人。

我穿上衣服，轻手轻脚地从上铺爬下来，和叶伟来到了宿舍外。空旷的校园里一片静寂，远处场部家属院里早就没有了灯光。黑条绒般的夜空里，大大小小的星星像一颗颗新碾出来的玉米粒，晶莹闪烁；一弯纤细的弯月像坠入海底的碎金锭，反射着半明不暗的光亮。

拐过两排宿舍，来到校园中央后，不知藏在何处的夜风三步两步奔了过来，将我和叶伟团团围住，让我们不约而同地打了个寒战。风也把落叶的味道和蒿草的气息带到了我们的口鼻中，让我们愈发感到寒冷与凄清。脚下的路看不大清楚，四周也如一团浓重的黑雾，我们只能够勉强分辨出不远处一排排教室的影子。怕被脚下的石头绊倒，我和叶伟只好相互搀扶着，一小步一小步地向前走。

快接近厕所时，我们已经能够听到玉米叶子被风掠动得哗啦啦的声音。我俩如果能有一只手电筒的话，就不必担心会摔倒，也不必如此紧张不安、如此提心吊胆了。可惜的是，我们手电筒里的电池早就没电了，而囊中羞涩的我们没钱买新电池装进去。

眼看就要到厕所跟前了，从旁边的玉米地里突然传来了一阵断断续续、不高不低的哭声，古怪而凄厉。大半夜的，谁躲在学校的玉米地里哭鼻子呢？我的心跳骤然加速，心脏像只鼓槌一样在猛烈地敲击着胸膛。我同叶伟离得很近，在这万籁俱寂的时刻，我甚至能清晰地听见他的心脏也在剧烈地跳动。他死死地捏着我的手，掌心全是汗。

叶伟突然"哇"地叫了一声，转身撒腿向宿舍跑去。我被他拖拽着，也魂飞魄散地往回跑。我们根本顾不上小便的事情了，由于腿脚发软，我俩还在半路上摔了一跤。总算平安地回到宿舍后，我才发现自己尿了裤子，而叶伟的裤裆同样也湿漉漉一片。慌里慌张地爬到上铺后，叶伟用被子将脑袋紧紧蒙住，我也蜷缩在被窝里，连大气也不敢出。

惊悚的夜晚总算过去了，清晨，同宿舍的人开始起床洗漱，搪瓷脸盆的磕碰声响个不停。我和叶伟这才把蒙在头上的被子掀开。望着从窗外涌进来的秋天特有的清凉、萧瑟的晨光，我真有一种恍若隔世的感觉。

课间上厕所时，我和叶伟仍心有余悸，远远地躲开那片挂满金色玉米棒子的玉米田，担心夜半出来哭嚎的"小鬼"仍躲在玉米秆间。

晚上于师傅做的煮挂面，我和叶伟只吃了面，没敢多喝汤，怕喝了稀的半夜又得上厕所，我们说啥也没胆量去了。

夜里两三点时，李建国、田忠和王瑞明相约着上厕所，我和叶伟对视一眼，没敢像之前一样跟出去。

过了没多久，李建国、田忠和王瑞明就鬼哭狼嚎地跑了回来，他们一脚把门踹开，忙不迭地跳进各自的被窝里，七嘴八舌地叫个不停。

"我们遇到'鬼'了！"

"千真万确，有'鬼'在玉米地里哭！"

"要不是我们跑得快，就大事不妙了！"

周学东和郭祥一开始还将信将疑，但看到连李建国都躲进被窝里蒙住头后便相信了。

我和叶伟更加恐惧了，看起来"鬼"还没有离开。好不容易挨到了天亮，李建国添油加醋地给我们讲述自己昨夜的惊险经历，他甚至信誓旦旦地说自己瞧见了一个黑影躲闪进了玉米地里，那个黑影多半就是哭嚎的"女鬼"。王瑞明和田忠在一旁不停地点头，不停地附和着，他们绘声绘色的描述吓得我们面色煞白。

我们无论如何都不敢再在半夜里到厕所那里去了。天气一天天变冷，人更不容易憋住尿，李建国就带头在宿舍外面尿。我们一旦尿急了也就在宿舍外面的地上就近解决。没过两天，宿舍门前就袅袅腾腾地飘散出一阵阵尿骚味，害得路过此地的人不得不捂住口鼻。

这天中午，我们刚刚吃过午饭，桑校长就推门走了进来，他问我们："外面的尿印子是不是你们留下来的？"

我们都心虚而羞愧地低下了头，不敢吭声。

"你们为什么不去后面的厕所方便？学校又不是没有厕所。你们的'五讲四美三热爱'白学了，你们给我背诵一下'五讲四美三热爱'的具体内容。"

我们只好低着头齐声背诵："'讲文明、讲礼貌、讲卫生、讲秩序、讲道德''心灵美、语言美、行为美、环境美……'"

桑校长生气地说:"'五讲'里有'讲文明、讲卫生',四美里有'心灵美、行为美、环境美',可是你们看看自己的行为,既不讲文明又不讲卫生,你们的心灵不美,行为不美,影响得宿舍环境也不美。你们都是四五年级的学生了,怎么一点都不注意自己的言行举止呢?"

我们耷拉着脑袋,有苦难言,最后还是李建国带头说:"厕所旁边的玉米地里有'鬼',我们不敢去。"我们也就七嘴八舌地把听到"鬼哭"的事情讲了一遍。

"胡说八道!世上哪来的什么鬼?"桑校长生气地说。

接着他又批评我们:"你们来学校接受现代教育,怎么能相信这些乱七八糟、无中生有的东西呢?你们如果害怕,完全可以结伴去上厕所嘛。"

我们都低着头,不敢再吭声。

尽管如此,到了晚上我们仍旧不敢到学校北头的厕所方便,哪怕是结伴去。既不敢去厕所,又不能在宿舍外面尿,总不能活活憋死吧?最后李建国想出个主意："我们把尿尿在脸盆里，等天亮后端到厕所里倒掉就行了。"

这听上去似乎是个可行的主意，可是究竟用谁的搪瓷脸盆呢？一旦脸盆盛了尿就没法子再用来洗脸了。

李建国提议说："我们玩手心手背，谁输了就用谁的脸盆。"

眼下似乎也没有比这更公平的法子了，叶伟是最终的输家。这一夜的方便问题总算是解决了。

第二天中午，王老师来到我们宿舍，问道："这几天学校的玉米地里丢了很多玉米，你们知道是谁偷掰了玉米吗？"

我们齐刷刷地摇摇头。

王老师又问："桑校长说你们半夜在玉米地附近听到'鬼哭'，他让我来给你们好好讲讲自然常识，消除你们的恐惧。你们能详细讲讲到底是怎么一回事吗？"

我们一下子来了兴致，七嘴八舌地把自己听到"鬼哭"的经历讲述了一遍。

王老师仔细地听着，皱着眉头认真思考着，他问道:"照你们所说,每天夜里都能听见'鬼哭'?"

李建国使劲点点头说:"是的,只要半夜三更到厕所跟前,就能听见'女鬼'在玉米地里哭,我们的魂都差点被吓飞了,所以才不敢再去厕所了。"

王老师点了点头,他没有再多说什么,而是掉头离开了。

夜里,我被一阵不轻不重的敲门声吵醒了,窗户外面还有手电筒的光束像探照灯一样扫了几下。李建国也被吵醒了,他没好气地问:"谁呀?"

"我,王孝。"外面有人回答。

王老师居然半夜三更来敲门,我们连忙起身,李建国也打开了自己的手电筒。

王老师带着一股冷风进来,轻声对已经从床上爬起来的我们说:"让其他人睡,不要叫醒他们了。我们几个到玉米地那里,看还能不能听见'鬼哭。'"

我们几个既惊讶又激动,我们没想到王孝老师会在半夜三更过来同我们一起去探究"鬼哭"之谜。有他这样的成年人在,我们自然就不会那么害怕了。我们匆匆穿上衣服和鞋,来到了宿舍外面。王老师看了一下左手腕上的手表,说道:"现在是凌晨三点半,我们到玉米地跟前实地打探一番。"

月亮比前几天变胖了些，此时它不像碎金锭也不像金色的羽毛了，更像是中秋节里被我们这样的馋嘴娃娃啃掉了一大半的月饼。虽然它反射的光亮也稍稍多了些，但夜色仍旧黑得像是被烧了多年的坑洞。就在黑黢黢的苍穹中，成百上千颗星星一闪一闪地眨着眼睛。它们之中有几颗格外醒目，其中最容易分辨的就是北斗七星，它真的像是一把巨大的勺子，勺柄横贯在贺兰山的黑色剪影之上，显得既灿烂炳焕又大气磅礴。小时候我就认识北斗七星，我觉得它们像是画在天上的岩画，神秘而美丽。

王老师走在最前面，我们几个紧张兮兮地跟在后面，脚掌踩在砾石上，发出的声音也显得生硬、短促而仓皇。躲藏在玉米地里的"鬼"突然发出了那种断断续续的、颤抖个不停的、忽而尖利忽而悲沉的哭声。这怪异凄凉的哭声有一种食心噬骨的力量，叫人顿生惧意，心慌神乱。

尽管有王老师在，叶伟仍旧惊恐地抓住了我的手，他的手心黏糊糊的全是冷汗。李建国和田忠也感到了害怕，我能清楚地听见他们的心脏发出的咚咚咚的声音。

王老师可没有像我们初次听到"鬼哭"声时一般慌乱,他示意我们继续保持安静,侧过耳朵仔细听着从玉米地里发出的骇人的声音。

足足听了五六分钟后,王老师站起身来示意我们往回走。我们早就巴不得快些离开了,紧紧跟在他的身后往回走。

半路上,李建国迫不及待地说:"王老师,我们没有骗你吧,真的有'鬼'在哭。"

王老师没有吭声,黢黑的夜色里我们也看不清他脸上的表情。王老师将我们送到宿舍门口,对我们说:"你们先回去睡觉。"说完他便迈开大步出了校门,朝场部家属院的方向走去。

李建国并没有立马上床休息,他像是发现了什么重大机密似的说:"你们瞧见了吗?王老师也被吓跑了,我们以后可要小心点。"

这番话让我们的惧意更深了。王瑞明、周学东和郭翔被粗声大气的李建国吵醒了,他们听说了事情的前因后果后都后悔自己睡得太死,没有一起去听"鬼哭"。

我们没有想到的是，第二天深夜，王老师居然又来敲宿舍门了，这次他的怀里还抱了好几只长长的手电筒。望着从床上坐起来的我们，他开口问道："你们敢不敢跟我去捉'鬼'？"

"捉'鬼'？"李建国不敢相信地问了一句，我们也都被吓了一跳。

王老师说："对，我今天要让玉米地里的'鬼'现出原形来，你们敢不敢配合我？"

李建国用手挠挠头，迟疑了一小会儿，最终还是点了点头。见他如此，我们也纷纷点头，表现得既紧张又兴奋。

王老师把怀里的几只手电筒都交给了我们，嘱咐我们说："一会儿我先悄悄溜进玉米地里，想办法把'鬼'吓唬出来。你们守在玉米地外面，等他跑出来时就一起打开手电筒，将他一举抓获。你们不要害怕，你们有八个人，而且还有五只手电筒。"

很显然，王老师并不像李建国昨晚所猜的那样被"鬼"吓跑了，他匆匆离开只是为了回去准备工具。虽然我们的内心深处仍然充满恐惧，但正如王老师所言，我们有八个人，谁也不愿意落个胆小鬼的名声。

我们跟着王老师向玉米地走去。离玉米地还有二十多米时,他示意我们停下,自己弯腰继续前进,像只夜行的野兽一样,钻进了哗哗作响、黢黑一片的玉米地里。

"鬼"一定知道我们来了,令人心惊胆寒的哭声又响了起来。我们在黑暗中眨着眼睛,像几只瑟瑟发抖的幼兽,惊恐万分却又不敢轻举妄动,更不敢拔腿逃奔。

哭声时高时低、时断时续,像一条冰凉、滑溜又可怕的毒蛇折磨着我们。我们不清楚胆大的王老师钻进玉米地里后会发生什么,也不清楚他究竟能不能斗过"鬼"。就在我们心慌意乱之际,发生了一件更为蹊跷、更加可怕的事情,从玉米地里传出来另一种"哭"声,它更加尖细,更加凄厉,也更加真切,令我们的头皮阵阵发麻,身上的汗毛像遇到了静电一般根根倒竖。

即便是在暗夜里,我也能感觉到每个人的脸都变得煞白;即便没有人发出声音,我也听得见他们心间的疑问——究竟发生了什么事情?难道说玉米地里不止一个"鬼"?王老师现在的情况如何?

黑暗中不知是谁的牙齿咯咯作响，这令周围的气氛更加阴森恐怖。我们不知道该何去何从，只好像呆鹅一般半伸着脑袋张望。

突然，有一团黑乎乎的影子从玉米地里奔了出来。我们都吓了一大跳，它一定就是"鬼"，因为它的轮廓是人形的，不过它有些跟跟跄跄。

我们真是一群呆头鹅，一时之间居然不知所措。就在这时，从玉米地里传来王老师的声音："快打开手电筒！快抓住他！不要让他跑了！"

我们这才如梦方醒，慌慌张张地去追赶已经从我们身边跑过去的"鬼"。我们终于追上了"鬼"，并且将光柱投在他的脸上，然后全都目瞪口呆。

被我们拦住的根本不是什么"鬼"，而是食堂的于师傅。这时，又一个气喘吁吁的黑影追了过来，正是王老师。

王老师安全归来，我们悬着的心总算放了下来，只是我们不明白于师傅为什么会在玉米地里。王老师见到于师傅后也大吃一惊，他难以置信地问道："原来你就是装神弄鬼的人？"

于师傅拍拍身上的尘土，一脸尴尬地央求道：

"王老师,你让学生们先回去。我会把一切都给你交代清楚的。"

王老师虽然感到困惑,但还是让我们先回去休息。

一头雾水地回到宿舍后,我们激烈地讨论起来,七嘴八舌地说着自己的疑惑和猜测。

"原来是于师傅躲在玉米地里啊!"

"我们之前听到的哭声应该就是于师傅发出来的吧?"

"于师傅是个四十多岁的男子,他咋能发出那么尖利的哭声呢?"

"或许他有别的法子。"

……

我们争来吵去,猜来想去,然而没有任何结果。我们不得不先睡觉,等天亮后再向王老师打听情况。

第二天课间,我们找到了王老师,向他打听有关昨夜捉"鬼"的更多细节。

李建国问:"王老师,食堂的于师傅为啥躲在玉米地里?真的是他在装神弄鬼吗?"

王老师笑着说:"你们以后可以放心去厕所了,

今后不会再有哭声了。"

原来我们之前听到的"鬼哭"声正是食堂的于师傅发出来的。于师傅年轻时就会用树叶吹奏各种各样的曲子，那种凄厉、瘆人的声音就是他吹奏树叶时发出来的。他之所以要在半夜三更躲在玉米地里吹奏出鬼哭狼嚎的声音，正是为了将我们这些上厕所的住校生吓跑。玉米地属于学校集体所有，而三头骆驼是于师傅个人的，眼见一根根玉米棒子都已成熟，于师傅想趁夜深人静时偷一些回去当做骆驼的过冬饲料。他担心自己偷掰玉米棒子的事情会被起夜的住校生发现，于是想出了这个"鬼主意"，一听到有住校生走来，他就取出树叶蹲在玉米地里开始演绎"鬼哭"声。

王老师前一天听明白了是什么声音，便提前用录音机录下了电影中的"鬼哭"声，并把它藏在了玉米地里，半夜再偷偷溜进玉米地，按下了录音机的播放键。听到那可怕的、真正的"鬼哭"声后，于师傅吓坏了，慌不择路地从玉米地里跑出来。

桑校长知道这件事后很生气，狠狠地斥责了于师傅一顿，不准他再当蟊贼偷玉米地里的玉米棒子，并且责令他进行了赔偿。那些玉米棒子是要送到场部加工厂里加工成玉米面再分给每位老师当额外的口粮的。

获悉了事情的来龙去脉后,我们都对于师傅的行径哭笑不得,虽然他对几只骆驼关爱有加,但他毕竟是在偷窃学校里的玉米。去食堂打饭时,胆大的李建国还学了几声"鬼哭"。于师傅的脸上红一阵白一阵,用铁勺把大铁锅敲得当当响。

这件事也让我对王老师更加敬佩,有知识的老师果然不一般,他们才不会相信什么神神鬼鬼的事情,他们懂得用科学来揭示真相,还能教育我们学生不迷信,遇到问题要用科学的办法去解决。

## 贺兰山上的星星

我们好奇地围了过去，马上发出此起彼伏的惊呼声和赞叹声，同我们以往见到的或者粗糙或者光亮的炭块不同，这块炭块上居然有一片树叶！

HELAN SHAN SHANG
DE XINGXING

[第四章]

# 小小少年的烦恼

对我这样的住校生来说，除了学习外还有别的问题和烦恼要面对，比如说食堂伙食的单调寡淡，比如说舍友间的关系并非总是融洽。宿舍的八个人中我觉得最难相处的是李建国，他的个头最高，身体最壮，因而多少有些霸道。

李建国不怎么喜欢学习，他的成绩自然也不好，不过他对课外书却情有独钟，我们看书、写作业的时候，他就趴在床上捧着小画书或者不知从哪里借来的武侠小说看，不时地发出咻咻的笑声，有的时候还会一惊一乍地大叫和大骂，也不管会不会影响到我们。

有的时候，我们还在写作业，他感到困倦了就啪的一声将灯拉灭，根本不在乎我们写不完作业第二天早晨会不会挨批评；晚上十一点宿舍已经断电了，我们也准备睡觉，他却点起一根蜡烛，仍旧捧着武侠小说看得津津有味，还不时发出几声傻笑，全然不顾我们能不能睡着。

我们困倦不堪却敢怒不敢言，终于有一次陈东忍不住说："明天又不是星期天，还要上课呢！"但李建国就像没听到一样继续翻着书发出哧哧的笑声。

忍无可忍的陈东从上铺跳下来，到李建国的床头吹灭了蜡烛，晃人眼睛的烛光终于消失了。谁承想陈东刚爬回自己的铺位，李建国又重新点着蜡烛。如此这样折腾几次，陈东终于没有力气再跳下来了，李建国心满意足地看了半晚上武侠小说，直到后半夜他才将蜡烛吹灭。

第二天，担心陈东还会"捣乱"，李建国居然提前用硬纸板做了一个酷似台灯灯罩的东西扣在蜡烛上，这样一来它就很难被人吹灭了。果不其然，头一晚的冲突再次爆发，陈东又过去吹蜡烛，可由于有纸壳罩的保护，他尝试了几次都没有成功，只能气呼呼地回到自己的床上，用衣服盖住眼睛。

李建国得意扬扬，故意将武侠小说翻得哗啦啦地响，一条胳膊还比画着挥舞几下。都说乐极生悲，那天晚上，痴迷于武侠小说的李建国看书看得昏昏沉沉地睡着了，只剩下半截的蜡烛燃着了围着它的圆纸壳，继而又烧着了枕头和被褥。火焰像冬眠中醒来的蛇一样嗞嗞地轻叫着，不停地试探着，它的胆量越来越大，攻势也越来越猛。然而我们都太过困倦，竟然对此一无所知，就连被火焰舔舐的李建国也毫无察觉。

关键时刻，睡在上铺的陈东最先被惊醒，他大声叫道："着火啦！着火啦！都快些起来，宿舍着火啦！"

在唤醒我们的同时，陈东一个箭步跳到地上，眼见情势紧急，他来不及多想便用双手去扑打李建国床铺上的火苗。李建国总算从睡梦中惊醒，他也慌里慌张地拍打着火苗，此时火势渐旺，他们的努力收效甚微。陈东不得不另寻他策，他匆匆在宿舍内扫视了一圈，发现叶伟的洗脚水还没倒掉，于是端起那盆洗脚水便朝李建国的床铺上泼去，总算是将火焰扑灭了大半。

我们相继被惊醒，纷纷起来帮忙，七手八脚地将余焰扑灭。夜间宿舍没电，我们打开手电筒后才发现陈东的手掌和李建国的手掌在救火的过程中都受了伤。在我们的帮助下，他们两个用凉水一遍遍地冲洗烧伤的手掌，以减轻伤情。

陈东不计前嫌主动救火,这让我们几个格外钦佩,也让李建国无地自容。

他挠着脑袋对陈东说:"谢谢你帮我灭了火。"

陈东不冷不热地回答:"不用谢,你以后不再点蜡烛看书就是我们的福气。"

李建国尴尬地说:"我保证再也不点蜡烛看书,再也不影响大家了。"

第二天,陈东和李建国都到大场医院里抹了药膏,包扎了双手。看到他们手上扎眼的白纱布后,王老师询问发生了什么事情,他俩还有些支支吾吾,我们忙七嘴八舌地把事情的前因后果讲述了一遍。

王老师问李建国:"你为什么不用手电筒看书?你把被子蒙在书和脑袋上,既不影响别人休息也不会引起火灾。"

李建国用一只手挠着脑袋龇牙咧嘴地说:"手电筒一直开着的话太费电池了,电池用不了几天。"

王老师点点头说:"对你们来说这的确是个很实际的问题,不过用一个方法就能让电池的寿命延长一倍。"

"延长一倍?"李建国难以置信地问,"究竟是啥方法？"

我们也深感好奇，紧紧地盯着王老师，等待着他道出答案。

"其实很简单，电池快没电时，夏天你们可以把它放在阳光下晒一个小时，冬天你们可以把它放在热炕上或是暖气片上烤一个小时，这样就能继续使用。不过你们一定要注意，不能用明火直接烤电池，也不能将它放在炉火很旺的炉子上烤，得一点一点地慢慢给它加热才行。"王老师详细答道。

在这之前，我们从不知道简单晒一下或是烤一下电池就能够让它再度有电。我不解地问道："王老师，为啥将电池晒一个钟头或烤一个钟头，就能延长它的使用寿命？"

王老师让我们拿过来一只手电筒，他从里面取出一节一号电池说："电池分为湿电池和干电池两种，它们都是通过化学反应来产生直流电的化学电池，其中湿电池是利用液态的电解液来产生化学反应，而干电池是利用糊状的电解液来产生相应的化学反应的，它的内部相对较干。"

平日里我们总听大人们把电池称作干电池，却不明白其中缘由，这下我们终于知道原因了。

王老师指着电池接着说："绝大多数干电池都是锌锰干电池，它们的外壳是用锌做成的，充当电池的负极，它们的内部是一根充当电池正极的碳棒，碳棒外面涂抹着石墨和二氧化锰的混合物。而锌壳和碳棒之间则是糊状的氯化铵溶液，氯化铵会与锌产生电解反应，从而释放电荷，这正是干电池会产生电能的原因。不过，氯化铵同锌的电解反应会释放氢气，而氢气会增加电池内阻。碳棒上涂抹的石墨和二氧化锰就是用来吸收氢气的，但它们的吸收能力终归是有限的，当电池用一段时间后，其内部的氢气就无法再被吸收，电池的内阻就会持续变大，从而导致化学反应所产生的电荷无法流动，此时在我们看来电池就没电了。

"因此，要想延长干电池的寿命，让它们能继续使用，关键在于释放积蓄在干电池内部的氢气或是恢复干电池里二氧化锰的还原能力。而把没电的干电池放在阳光下晒或者暖气上烤恰好可以将电池里受热的氢气慢慢释放出来，并且让二氧化锰恢复部分吸收氢气的能力，如此一来，干电池也就能够继续使用了。"

干电池的原理有些深奥，那些名词我们听得云里雾里，不过我们知道了通过烘晒和加热的方法让废电池起死回生的方法是科学的，从而对王老师更加钦佩，他可真的是博学多识。

叶伟一脸崇拜地问："王老师，您怎么懂得这么多科学知识啊？"

王老师回答说："多读书多学习，只要你们用心积累，慢慢就会成为一个知识丰富的人。"我们若有所悟地点点头。

接下来，王老师又对李建国说："你不能只看小画书和武侠小说，还要多看看同自然、科技有关的书籍，它们会让你的头脑真正聪明起来。"李建国不好意思地挠着脑袋。

自从在王老师那里知道了让废电池起死回生的方法后，陈东和李建国也加入到处捡拾废旧电池的行列，那些被丢在垃圾堆里看似再无用处的干电池，经过他们的认真烘晒和加热后，又能使用一段时间。这下李建国总算能放心地使用手电筒，不会再影响我们的休息，我们也总算不必再担心宿舍会着火。

陈东和李建国也能友好相处了，不过陈东隔三岔五地会到隔壁宿舍去睡，那里空出来一张下铺，他不用爬上爬下。

秋收之后，宿舍里已经有明显的凉意了，玉米地里一株株玉米茎上的干叶子沙沙作响。远处的贺兰山闪着奇特的蓝光，它比往常显得更加陡峭、突兀，就像是一头巨兽因为寒冷而耸起了脊背。学校的空地上，那些大大小小的石子也在隐隐闪耀，仔细望去，原来它们的身上都落了一层薄霜。

这天早上，匆匆用冷水抹了几把脸后，我们便捧着饭盆去食堂打稀饭。这个时候能喝上一碗热乎乎的稀饭真是件让人感到幸福的事情。

稀饭有些烫，我们便将饭盆放在水泥乒乓球案子上吸溜吸溜地喝，有的人还将干馍馍掰成块泡进去。还没喝到一半，李建国突然大叫一声，我们吓了一跳，都围过去看发生了什么事。李建国用铁勺从饭盆里捞出来一样东西，它黑乎乎的，还带着些怪异的粉色，大约有一指头长。最初我们没有看清楚，但当李建国又拨弄了一下，让它的两只已经凹陷进去的眼睛露出来时，我们异口同声地大叫起来："老鼠！老鼠！"

李建国端着饭盆去找于师傅，于师傅显得尴尬而愧疚，他叹了口气说："不是我不注意食堂卫生，实在是老鼠太多了。这些饥肠辘辘的老鼠为了口吃的不要命地往食堂里钻。食堂里下鼠药不安全，我自个儿掏钱买了好些个粘鼠板，这些天来大大小小的老鼠也被粘住了十多只，可架不住老鼠还是一波一波地溜进来。"

于师傅将我们领到食堂后面的垃圾筐前，我们果然见到了好几张粘满死鼠的胶板。包括李建国在内，我们都不好再说什么，摇摇头离开了。

于师傅听取一位老师的建议找了一只成年的狸花猫养在食堂里。狸花猫果然是降鼠和捕鼠的高手，自从它来了以后，大大小小的老鼠再也不敢在食堂中造次了，我们总算长出了一口气，以为自此就可以吃到干净又放心的饭菜了。然而，让于师傅和我们都没有想到的是，老鼠被赶出食堂后，这只狸花猫居然又成了新的祸害，它逮住机会就偷吃食堂的饭菜和馒头，有好几次都被我们抓了现行。

人吃的饭菜不能被馋嘴猫糟蹋，不得已，于师傅将狸花猫送了人。狸花猫撤离后，狡猾的老鼠们卷土重来，我们又开始为饭菜的卫生担心。

这件事传到了王老师的耳中，热心的他专门到食堂了解情况。几天之后的一个黄昏，我们正蹲在食堂门口吃面条，王老师拎着三个玻璃酒瓶过来了。他把瓶中的东西沿着食堂的墙角倒了一圈，从气味和颜色判断，装在瓶里的液体应该是汽油和柴油之类的东西。我们都好奇地围过去，于师傅也从食堂里出来，一脸不解地问："王老师，你这是要干什么？"

王老师答道："我在帮你灭鼠。"

于师傅如丈二和尚摸不着头脑："灭鼠？你打算把老鼠烧死吗？"

王老师笑了笑说："这些东西当然不是用来点燃烧老鼠的，老鼠可不会待在原地让人烧。我这是打算破坏它们的肠胃。"

"怎么破坏？没见你下药啊？"于师傅朝脚底下仔细瞅了瞅，仍是一头雾水。

王老师解释说："我装在这几个瓶子里的是柴

油、黄油①和机油，它们的黏性都比较强，把它们洒在食堂周围，老鼠再溜进来时就会粘到爪子上，并且粘上尘土。老鼠感觉脚爪不舒服后就会用舌头去舔舐，自然也会将柴油、黄油和机油舔进肚里。这三种油料都有一定的腐蚀性，即便很小的剂量也会让老鼠的肠胃出大问题，它们无法正常消化食物，就会慢慢饿死。"

这种灭鼠方法我们都闻所未闻，于师傅惊叹道："这相当于孙悟空给唐僧画了个圆圈啊！妖怪敢跑进圈里的话必死无疑。"

王老师点点头说："如果嫌太费柴油、黄油和机油的话，也可以用面粉和石灰来画圈。把面粉、石灰和八角混在一起炒熟后撒在食堂周围，再放几碗清水在跟前。面粉和八角的香气会吸引老鼠进食，它们一旦吃饱就会感到口渴，然后顺势去喝碗里的水。石灰遇到水后会发热，并且逐渐凝固，老鼠肠胃会被烧破、撑破，当场死亡。假如没有石灰的话，也可以用少许水泥来代替。"

---

① 黄油：从石油中分馏出来的膏状油脂，黄色或褐色，黏度大，多用作润滑油。

于师傅竖着大拇指说:"这个办法好,比往香油里和馒头里掺鼠药要安全得多,人不会误食地上的面粉和石灰。王老师,你都是从哪里知道这些灭鼠的法子的?"

王老师答道:"我是从书籍和报纸上看到的,南方的一所学校就是用这两种方法消除鼠害的。这两天我先在自己家里试了一下,效果果然很好。"

于师傅马不停蹄地找来一大包石灰,把它们同面粉、八角放在一起炒热后,撒在食堂的墙根下。加上王老师之前泼洒的柴油、黄油和机油圈,整座食堂现在有两道保护圈。它们果然起了作用,第二天我们就见到了十几只直挺挺躺在地上的死鼠,还有几只在半死不活地挣扎着。

于师傅及时补充油料和炒石灰,十来天后,令他深感困扰的鼠患就彻底消失了。为了巩固"战果",防止老鼠卷土重来,于师傅每过几日就会重新撒一圈石灰、面粉和八角的混合物,而我们也乐得帮忙。有的时候捧着饭盆,望着地上的能将老鼠拒之门外的圆圈,我们都真切感受到知识的可贵,也都希望长大后成为像王老师这样的知识丰富的人。

霜降一到，白天明显变短了，夜晚明显变长了，下午最后一堂课上完后外面便已是夕照满天，等我们在食堂吃过晚饭，天地间便是昏暝一片了。

临近初冬，面条里的新鲜蔬菜明显少了，基本上只剩下易储存的白菜叶子和山芋条，显得清汤寡水。夜一长，人也容易感到饿，我们经常在半夜被饿醒，不得已，只好从家里带些馍馍和干粮来，或者在吃面条时掰两块泡进去，或者在临睡前边看书边啃上一块半块。

虽然天气变冷了，但馍馍还是放不住，最多三四天后就会长毛，要想延长它们的保质期，唯一的法子就是多放香油和香豆子。香油和香豆子都金贵，平时我妈总是舍不得多放，但为了让我在学校里能吃上不长毛的馍馍，她在面里多添了一倍的量。

叶伟他妈也给他烙了一布口袋厚厚的锅盔，他的老家在西部山区，那里的人擅长做面食。

有一天，阵阵饿意袭来，我打算解开布口袋拿出块馍馍嚼。让我有些纳闷的是，布口袋似乎被谁动过，系口袋的绳子变得松松垮垮，口袋中间的缝隙变成了一个不大不小的孔洞。我解开绳子想看个究竟，没想到手刚碰上去，一只梁鼠便猛地从里面蹿出来，将我吓了一大跳。还未等我反应过来，它便动作敏捷地爬上我床头的铁管，借由它跃到顶棚上，从一个拳头大小的破洞中钻了进去。

我懊恼地解开布口袋，发现里面的一多半馍馍都已经被梁鼠糟蹋了，上面有它们留下的牙印，还有它们咬出来的大大小小的豁口。叶伟放在头顶的外皮金黄的锅盔也被梁鼠美美地大嚼了一番，它们甚至边吃边拉，在里面留下了老鼠屎。自从于师傅按照王老师提供的方法在食堂外围布置防护圈后，我们已经有很长时间没见过家鼠了，眼下宿舍里居然又出现了梁鼠，我猜主要是因为天气一冷那些柴油和机油的黏性就变差了，而炒熟的面粉和石灰也难以再持久地散发香气，引诱老鼠进食。再一个，梁鼠的跳跃能力和攀爬能力都远比家鼠强，它们能避开防护圈，直接来到房顶上。

说来也奇怪，其他同学的馍馍都安然无恙。后来我猜出了原因，他们的馍馍都是那种既没有放香豆子又没有放多少香油的白馍馍，唯独我的馍馍和叶伟的锅盔散发出淡淡的小麦的清香、醇厚的香油的味道以及香豆子独有的植物香气。梁鼠的嗅觉格外发达，它们同家犬一样聪明，知道要先捡最可口的吃。

我和叶伟吸取了教训，各自从家里找来一根三寸多长的大长钉子将它们钉在宿舍墙上，然后将装干粮的布口袋挂在上面。为了防止梁鼠攀爬，我们留意没让布口袋紧贴着墙。然而，这一举措并没能防住顶棚里的那些"梁上君子"。一天下午放学回来，我和叶伟刚刚爬到铺上就见着几只梁鼠慌里慌张地从布口袋里钻出来，像电视中的杂技演员一样灵巧地在大铁钉上绕了两圈，然后借力跃上顶棚，从窟窿处逃了回去。

既然梁鼠连挂在墙上的口袋都能钻进去，我和叶伟就只能另想办法了。叶伟说他家有一口小木头箱子，箱子上有镣扣，可以上锁，正好能用来装锅盔。回到家后，我将馍馍被梁鼠糟蹋的事情告诉了我爸妈，他们心疼放了香油和香豆子的馍馍，也更心疼我。我家只有一口红色的小木箱，我爸用它来装粮票和钱，以及户口本和国库券。箱盖里面还有我爸用歪歪扭扭的毛笔字写下的我和两个哥哥的生辰以及乳名。为了让我每天能吃上干净的馍馍，我爸把小箱子腾了出来，又找来了一张干净的报纸折起来垫在里面，并且从场部商店里买了一把小铁锁挂在上面。两把钥匙一把我带在身上，一把留在家里，这样万一我不小心将一把钥匙弄丢了，起码还有个备用的。这下我和叶伟总算一劳永逸地解决了鼠患，梁鼠再聪明也没法子钻进木箱里。

第四章 小小少年的烦恼

[第五章]

# "馍馍银行"的秘密

天越来越冷，人越来越想吃东西，但我们不能一顿把馍馍都吃完，我和叶伟将自己从家里带来的馍馍和锅盔数了几遍，仔细计算了每天和每顿的量，这样就可以做到心中有数。

刚刚过了两天，又发生了一件蹊跷事，我发现箱子里的馍馍居然凭空少了两个。我记得自己头天晚上才刚刚数了一遍，还有五个馍馍在里面，可眼下怎么一下子就少了一小半呢？我仔细查看了一番小木箱，箱盖和箱身之间的缝隙很小，梁鼠是根本不可能钻进去的。另外，锁也没有被撬坏，而打开锁的钥匙就挂在我的脖子上。

叶伟也莫名其妙地丢掉了一半锅盔。叶伟既心疼又生气，眼泪在眼眶里直打转，说道："我自己都舍不得吃，没想到一下子丢了这么多。"

第二个星期，我们从家里带来的馍馍和锅盔又像凭空消失一样少了一半，毫无疑问它们是被谁偷走的，可到底是哪个贼有这样的本事呢？难道他能隔空取物？宿舍门上也有锁，别的宿舍的人轻易进不来，看起来馍馍多半是本宿舍的人偷走的。

叶伟说："偷吃馍馍和锅盔的人嘴里肯定有香油和香豆子的香气，他的嘴要是没有彻底擦干净的话，嘴角也会沾上香豆子的。"

他言之有理。香豆子是晒干后再碾成茶叶一样的碎末和到面里的，它很容易粘到嘴角和嘴唇上，另外，它是深绿色的，很容易辨别。

我和叶伟留了个心眼儿，暗地里细心观察。有一天中午，我们放学回来，果然在李建国经过时闻到一阵似有若无的熟香油和香豆子的味道，我们还在他的嘴边发现了没有被擦拭干净的碎香豆子。

叶伟说："第四节课是自然课，李建国说不定会趁这个机会回到宿舍里偷馍馍和锅盔。"

我点点头，决定同叶伟一起"瓮中捉鳖"。到了第四节课，王孝老师果然又带我们到山坡上上自然课。这学期的自然课已经学到矿物与矿石的部分，王老师站在一块平整的大石头上问我们："你们生在贺兰山下，长在贺兰山下，你们都是贺兰山的孩子，你们热不热爱贺兰山？"

"热爱！"我们齐声回答。

"那你们知道贺兰山上都有什么矿藏吗？"

我想起来我家冬季取暖用的煤炭就来自贺兰山深处的某个煤矿，于是答道："有煤炭。"

王老师点点头："煤炭的确是贺兰山的矿藏之一。同学们，你们以为自己此刻是站在光秃秃的山坡上吗？如果你们这么想就大错特错了，你们此刻其实正站在两亿多年前的森林里。"

"森林？"我们下意识地朝四周张望，想从地上和岩石缝隙中找到森林存在过的痕迹，但我们一无所获。

王老师肯定地说："在两亿多年前的石炭纪，这里曾经生长着遮天盖地的蕨类植物、松柏类植物和苏铁类植物，它们共同组成了郁郁葱葱的森林。后来地球进入地质活跃期，这里发生了强烈的上升和沉降运动，有些地方隆起形成山脉，有些地方下降被埋入地下。那些被埋入地下的森林常年与空气隔绝，在高温高压的环境中经过一系列物理和化学上的变化，渐渐就变成了煤炭。"

在这之前我们都不知道煤炭是由远古时期的森林变成的，我们以为它和铁、铜、铅一样是自然生成的一种矿石。

似乎是为了打消我们的疑虑，王老师从包里取出一块煤炭说："同学们，大大小小的煤块对你们来说已经是司空见惯了，不过我手里的这块煤炭你们多半没见过。"

我们好奇地围了过去，马上发出此起彼伏的惊呼声和赞叹声。同我们以往见到的或者粗糙或者光亮的炭块不同，这块炭块上居然有一片树叶！没错，它虽不算完整，但我们仍能够清晰地辨出它的叶柄和叶脉。最关键的是，它不是印上去的，也不是粘上去的，它就是已经煤炭化的、同煤块浑然一体的叶子。

王老师说："在世界各地的煤矿中偶尔会发现这种带有树叶和植物果实的炭块，它们是森林转化为煤炭的铁证。"

啧啧称赞之余，我们继续回答问题。除了煤炭之外，我们还知道贺兰山中有石灰石和石膏，食堂于师傅灭鼠用的石灰就是从贺兰山上采来的。王老师对我们的这些回答很满意，他说："贺兰山并不像很多人所想的那样是一座光秃秃的石头山。世界上没有一无是处的人，也没有一无所有的山，贺兰山中同样有很多矿藏和宝贝，只不过它们藏匿得比较深，暂时没有被发现。

"俗话说：'靠山吃山，靠水吃水。'我们的农场眼下还很落后，要想让它的面貌焕然一新，不能仅靠种植粮食，还要依靠开采和利用贺兰山中的矿藏。贺兰山南北绵延上百公里，非常遗憾的是简泉农场所在的这段山体中并没有储量丰富的煤炭和石膏，但是这里却有另外一种矿石，它更珍贵，价值也更高。"

"它是什么？"我们都好奇地问。

王老师又从包中拿出一样东西，是一种我们从未见过的半透明薄片。它有半个手掌大小，形状不规则，看上去既像是矿石又像是塑料，在阳光的照耀下隐隐约约闪烁着微光。

"这就是我要教你们认识的新矿物，它可是贺兰山上不可多得的宝石，名字叫云母。"

"云母？"

王老师点点头："云母是一种造岩矿物，也就是能组成岩石的矿物。你们看，它具有独特的层状结构，是由一层一层的更薄的薄片构成的，因而它具有很好的透光性，也具有明显的玻璃光泽。有人说它们像珍珠一般温润，像月亮一般美丽。相较于普通的玻璃，云母还具有耐高温、耐腐蚀、韧性强的特点，正因如此，品质好的云母可以用来制造飞机和宇宙飞船的舷窗玻璃，品质差的云母也可以用来制造绝缘材料。"

"哇！"听说眼前的这种矿物薄片能够制造宇宙飞船的舷窗玻璃，我们都惊呼起来，同时也对它刮目相看。

王老师接着说："云母的品质越高，它的透光性也就越好。这块云母就是我在这里捡到的，你们瞧，它就属于高品质的云母。我初步勘察了一下，这里的云母数量不算太多，储量也不会太丰富，不过鉴于它们的品质，我相信有一天肯定会派上大用场，会为农场的振兴做出贡献。同学们，我们这堂课的主要内容就是寻找云母，你们当中肯定会有人将来成为地质学家或科学家，到时候你们就可以让家乡的这些云母发挥作用。"

我们四散开来，按照王老师教授的技巧在那些个头较大的岩石下面搜寻起来。云母果然并不像我们所想的那般俯仰可拾，裘芳和王成幸运地各捡了一片，兴高采烈地将它们展示给大家看，剩下的人暂时还没有收获。我和叶伟去了更远的地方继续埋头寻找。过了没多久，叶伟突然在我的背上拍了几下，我直起身来，顺着他手指的方向望去，只见李建国一边装模作样地寻找云母，一边趁机向学校溜去。我们彼此使了个眼色，悄悄跟了过去。一切正如我们所料，李建国回到宿舍里，蹲在我的铺上，手里拿着一根长长的锯条一样的东西，正用它朝红色小木箱锁眼里拨弄。他来回拨弄了十几下，锁便被打开了。他动作熟练地从箱子里取出两个馍馍来，然后迫不及待地往嘴里塞了一个。

叶伟拉着我推开门进去。李建国吓了一跳，拿着馍馍的右手也停在了半空中。

"你在干啥？"我并不是个胆大的人，但此时我实在有些气恼。

李建国面红耳赤地找借口说："我帮你们驱赶梁鼠，另外，我想替你们尝尝箱子里的馍馍有没有坏。"

这完全是在强词夺理，我和叶伟气白了脸，但此时在山坡上捡拾云母的同学们已经陆陆续续回到了校园里，我们只能先过去看看王老师还有什么作业要布置。从表情上就能看出来，捡拾到了云母的同学只占少数，他们显得兴高采烈，而其余的同学则个个垂头丧气。王老师观察出我和叶伟神情异常，过来问道："你们刚才去哪儿了？发生什么事情了？"

我们犹豫了一下，还是把事情的原委和盘托出。王老师想了想问我们："李建国是不是经常偷拿你们的东西吃？"

叶伟答道："我们放在小木箱里的馍馍和锅盔丢了很多次，肯定都是李建国偷走的。"

王老师点点头又问道："李建国平时从家里带馍馍过来吗？他是不是因为自己的不够吃才偷你们的？"

这个问题让我和叶伟都愣了一下。我们努力回忆着，这才想起来，宿舍里每个人都有个放馍馍的小木箱、纸盒子或者布袋子，唯独李建国没有。叶伟挠着头答道："好像……好像没见过他带馍馍来。"

王老师的双眉紧锁，他自言自语般地说道："宿舍里的其他人都从家带馍馍来，只有他从来不带，这多少有些不正常啊！"

经王老师如此提醒，我们也觉得事情有些蹊跷。叶伟挠着脑袋猜道："是不是因为他不舍得带啊？反正……反正他能偷吃别人的馍馍。"

王老师想了想说："我有一种直觉，事情似乎没有那么简单。你们两个愿不愿意和我到李建国家里一探究竟？"

我和叶伟点了点头。第二天下午的劳动课，王老师帮我俩请了假。我们三个人各骑一辆自行车朝第三生产队而去。大约一个小时后我们便到了目的地，找到了李建国的家，这是生产队最边上的一个小院。王老师敲了敲门，一位四十出头的中年人打开了院门，他一定就是李建国的爸爸。别看李建国的个子很高，但他爸身材瘦小，而且还有些驼背。

得知我们的身份后，李建国的爸爸热情地将我们让进了屋。简陋的土坯房里没什么像样的摆设，土炕上还躺着一个人。李建国的爸爸指了指那人，叹了口气说："这是李建国他妈，前几年从拖拉机上掉下来，摔坏了腰，卧炕已经好几年了。我要忙田地里的活，还要照看病人，也就顾不上李建国了，他能有口吃的就算不错了。"

望着脸上遍布愁云的李建国的父亲和他那皴裂的手，我们都明白李建国从不带馍馍到学校的原因了！我们也知道了李建国偷吃馍馍的缘故，他多半是因为肚子太饿才这么做的。我和叶伟下意识地低下了头，我的脸微微有些发烫，我们都为自己对李建国的苛刻而有些惭愧。

从李建国家出来后，王老师对我们说："小偷小摸的行为肯定是不对的，不过看起来李建国也不是诚心要这么做，他的确有自己的难处。另外，我猜他平日里在宿舍不顾他人的行为并非出于本性，而是出于自卑，他希望能获得别人的尊重和平等的友谊，可是找不到正确的方法。没有哪一缕青苗生来就是结秕谷的麦苗，也没有哪一个孩子生来就是做坏事的孩子，李建国本质上并不坏。"

我点点头说："王老师，早知道李建国的家里这么困难，我就该把自己的馍馍分给他一些。以后我不在小木箱上上锁了，李建国想吃多少就吃多少。"

叶伟也说道："我也不上锁了，我让我妈多做些锅盔。"

王老师点点头说："你们两个都是有爱心、有同情心的好孩子，不过你们需要换一种方式来帮助李建国，毕竟他偷吃馍馍的事情已经被你们发现了，就算你们不锁箱子，他也会有自卑感和负罪感。"

"那该怎么办？"叶伟挠着自己的耳朵问，"要不我们直接把馍馍送李建国吧？我们每人送他一点，他就够吃一个星期了。"

王老师说："帮助一个人的最好的方式是既能让他得到受助的东西又保护他的自尊心不受伤害。我想到一个好法子，那就是在你们宿舍里设一个小小的'馍馍银行'。"

"'馍馍银行'？"我和叶伟都闻所未闻这个名词，我们只见过农场里的农业银行。

王老师点点头解释说："你们可以在宿舍里放一口不上锁的木箱，每个人都可以把暂时吃不完的馍馍存进去，每个人也都可以随时从里面取出些来吃。当然，你们得事先定个规矩，那就是往木箱里存不存馍馍、存多少馍馍全凭自愿，不存的人也可以取着吃，这样的话,李建国就能够心安理得地吃馍馍了。"

这真是个妙主意,我和叶伟都深感钦佩。有了小小的"馍馍银行",李建国既能够吃到馍馍,又不会丧失自尊,他也不必再像从前一样因为饥饿偷撬别人的木箱了。叶伟想到一个问题:"王老师,可是木箱不上锁的话,梁鼠会掀开箱盖钻进去,把里面的馍馍都糟蹋掉的。"

王老师说:"我有办法赶走梁鼠,使它们不再祸害你们的馍馍。"

我和叶伟争先恐后地说:"王老师,就用我的小木箱当'馍馍银行'吧!""王老师,用我的,我的箱子大一些。"

为了避免挫伤我俩的积极性,王老师想了想说:"你们两人的小木箱都用上吧!一个木箱兴许不够用,有两个木箱的话,'馍馍银行'就能储存足够多的馍馍。不过你俩以后得帮我一个忙,我每天往'馍馍银行'里存两个馒头或饼子,你们帮我将它们放进去。"

"保证完成任务!"叶伟顽皮地说。

我也用力地点点头。

回到学校后,王老师让我和叶伟把宿舍里除了李建国以外的人都喊过来,他把自己到李建国家家访的事情以及开设"馍馍银行"的想法告诉他们,他们全都表示赞同,因为他们很多人和李建国同在一个生产队,对李建国的家庭情况早就有所了解。

于是,趁李建国不在,我和叶伟将自己的小木箱抱下来,并把上面的锁取走,田忠、王瑞明、周学东和郭祥把自己的馍馍也都放进了两口木箱里。

等李建国回来后,按照我们拟定的计划,王瑞明故意大声说道:"大家都安静一下,我要宣布一件事情。我们是住在同一个宿舍的舍友,而且我们还是在同一个班级里上学的同学,可以说是最亲密无间的人。为了进一步增进大家的感情,让大家真正亲如一家人,我提议,自即日起,大家共享馍馍和零食,无论是从家里带来的干粮还是从小卖部里买来的饼干,无论是红薯、山芋还是萝卜、西红柿,都要放到桌子上的这两口箱子里。宿舍里的人,不论是谁,只要肚子饿了都可以从箱子里拿东西吃,当然,大家有了多余的吃食也要往里补充。这就跟往银行里存钱和从银行里取钱是一个道理,因此我们就把这两口小木箱叫

### 贺兰山上的星星

王老师看着手表，让我们提前将熏黑了的玻璃片或云母片举在眼前。他像举着发令枪的裁判员一样，先是为我们喊倒计时，然后大声说："准备好！日全食正式开始了！

HELAN SHAN SHANG DE XINGXING

作'馍馍银行',以后大家就都是'馍馍银行'的储户和用户了。"

我们装作很好奇的样子,七嘴八舌地讨论个不停,李建国对此也感到新鲜。接下来的两天里,我们按照之前的约定,随心所欲地从木箱里往出拿馍馍吃,见每个人都这么做,李建国也就没有什么顾虑和负担了,他也同大家一样取馍馍吃,不过我们对他只往出拿馍馍、不往里存馍馍都表现得视而不见。王老师给了我和叶伟一些零钱和粮票,让我们帮忙定期从食堂买一些馒头放进"馍馍银行"里,有的时候他甚至会交给我们一整个面包或者一整袋鸡蛋糕,每逢这个时候我们就像过年一般开心。我们知道李建国的饭量大,家境又困难,总会有意识地多留一块给他。

王老师还帮我们解决了梁鼠为患的问题。他拿来两小瓶薄荷油,让我们将其洒在两口木箱周围和顶棚的窟窿处。薄荷油有一股清凉而辛辣的味道,它仿佛能顺着我们的鼻孔深入到大脑里,久久不会散去。王老师告诉我们:"薄荷油是从一种名叫薄荷的植物中提取出来的,它的味道比较刺激,能给吸入者留下深刻的印象,因此它一直是驱虫防蚊的良药,也是天然的老鼠驱逐剂。由于薄荷油容易挥发，并不适合在室外使用，没法子对付食堂外的那些普通老鼠，不过对于梁鼠这种居于室内的老鼠来说，它绝对能派上用场。"

王老师所言不假，自从我们每天在两口木箱周围撒上薄荷油后，里面的馍馍就再没有被糟蹋过。当我们把珍贵的薄荷油往顶棚窟窿里也洒了一些后，梁鼠们深更半夜来回奔跑的次数也明显减少了许多，到最后它们干脆销声匿迹了。

没有了鼠患，我们终于可以放心地往小木箱里存放干粮了。时间一长，李建国渐渐看出我们是在通过这种方式帮助他。他没有专门表示感谢，但他再也没有像从前一样在我们还没写完作业时就强行关灯，或者是在我们入睡后还一边大声翻书一边评论个不停。王老师说得没错，哪怕是同生铁一般硬、同坚冰一般冷的心也会被感化，只要我们给予它足够的温暖。

王老师还为我们带来另一个好消息，他利用旧木椽和旧铰链为李建国的妈妈制作了一个简易的悬挂式杠杆系统，有了它，即便李建国的爸爸暂时不在家，她也能靠自己将头部和背部稍稍抬高些，从而减轻长期卧炕的痛苦。王老师还打算再设计一个可以活动的托盘，让李建国的妈妈能够自己取水喝。

银色的风雪在贺兰山下呼啸翻滚，山顶上变得亮光闪闪，积聚在那里的厚厚的冰雪一直到夏天才会完全消融。天气晴朗的时候，一阵接一阵的朔风也会把树上的霜花吹落，它们飘散在空中，在太阳的照射下映出神奇的、彩虹般的色彩。

这天黄昏，两只喜鹊在宿舍外面的树枝上喳喳叫唤个不停。都说"喜鹊叫，客人到"，我们果然见到了一位陌生人。

我们在食堂里吃过晚饭，陆陆续续回到宿舍后，桑校长带来一个同我们年纪相仿的少年，他的脑袋上戴着一顶绿色的大檐帽，帽子上还有一枚大大的五角星。

陈东已经搬到隔壁宿舍了，空出来一个上铺，大檐帽少年把自己的铺盖放上去后，桑校长便离开了。

新舍友的身上有太多的谜，我们都好奇地打量着他。铺好铺盖后，他想在墙上钉根铁钉挂自己的大檐帽，便问我们有没有锤子。李建国的力气大，他干这些敲敲打打的事最为在行。他从外面找了半块砖头来，主动帮大檐帽少年钉好了钉子，他的这一热心举动明显化解了我们和大檐帽少年之间的陌生感。

"你叫啥名字？"李建国开口问道。

"我叫桑红东。"大檐帽少年答道。

"桑红东。"李建国仔细琢磨着这个名字，他联想到刚才桑校长来到宿舍里的事情，大着胆子猜道，"你是桑校长家的亲戚吧？"

"桑校长是我叔叔。"桑红东回答。

"桑校长是你叔叔，那你爸是桑校长的哥哥吗？"李建国打破砂锅问到底。

桑红东显得很诚恳，"是的，我爸是桑校长的哥哥，就是桑场长！"

我们都吃了一惊，没想到他居然就是桑场长的儿子，更没想到他会来住宿舍。李建国更是难以置信地问："你家不是在场部吗？场部离学校很近，你为什么要来住校啊？"

桑红东轻轻叹了口气说："一言难尽。"

他既然这么说，我们也就不好再继续问了。

少年的心总是充满好奇，桑红东对桌上的那两口木箱——我们的"馍馍银行"很感兴趣，得知了它的运行方式后，他竟然也将自己的零食慷慨地放了进去。它们通常是一个面包、几块饼干和桃酥，偶尔甚至还有巧克力，对我们而言它们可都是不折不扣的"奢侈品"。我尤其喜欢巧克力的味道，它刚到嘴里时是苦的，就像是吃到了胶泥，但很快苦味就像秋天田野里的雾霭一般渐渐消失了，取而代之的是一股独特的、醇厚的甜味，它同冰糖的甜、酥糖的甜、大白兔的甜都不一样，它不仅有奶香，还有植物种子的香味。那些糖的甜是直接的甜、单薄的甜，而巧克力的甜是藏匿在苦味之后的甜，是浓郁的甜。正是因为最初的那股淡淡的苦味，才让它拥有了耐人寻味的味道。

桑红东也从"馍馍银行"里取我们放的馍馍吃，他很喜欢我妈做的香豆子馍馍和叶伟的妈妈做的锅盔，连连称赞道："它们比面包好吃。"

通过"馍馍银行"，我们知道了桑红东并不是一个吝啬自私的人，朝夕共处中，我们也渐渐了解到他住校的原因。原来，他上三年级时就转到了附近城里的小学，寄居在他的姑姑家。虽然城里学校的条件比场部中心小学的条件好很多，但生性自由的他还是感到不适应，勉强读完三年级后，他说啥也要回来读书，家里人拗不过他，只好答应了。不过，桑场长担心他在家里贪玩过度，难以约束，便提出一个条件，那就是让他在场部中心小学住校，毕竟一间宿舍里有七八个人，他不可能像在家中一样随心所欲；另外，宿舍里的集体生活也能够锻炼他同人相处的能力，培养他的集体意识和吃苦精神。

　　天气越来越冷，学校里的煤终于运来了，于师傅给我们宿舍送来了一大筐光亮的精煤，让我们把铁炉子生了起来。宿舍里立马变得暖烘烘的，我们每个人的脸上也都红扑扑的。桑红东从家里带来了一大袋红薯，把它们塞进炉膛中后，没过多久便有一股甜丝丝的味道散发出来，这种甜美的味道竟然让久无鼠患的宿舍里又出现了两只梁鼠，它们在顶棚上躁动不安，跑来跑去，似乎在为吃不上如此诱人的美味而抓狂。

　　天气变冷后，我们就很少在户外活动了，从食堂打上饭后就急匆匆地抱着饭盆回到暖烘烘的宿舍里。但最近这段时间，李建国似乎有些反常，下课之后就不见了踪影，甚至在食堂里也找不到他。后来我们才发现他只身一人往山坡上跑，直到太阳落山后他才回来。

我们不明白他跑到那里干什么。桑红东和田忠问他，他也只是支支吾吾地说："天冷了，我每天出去跑个来回锻炼身体，这样才能够增强抵抗力，避免感冒。"

我们对他的这番话将信将疑，但也只是好言相劝："山坡上更冷，你可以在学校操场上跑步啊！况且现在天黑得早，你一个人万一摔着或者崴脚了怎么办？"

李建国并没有将我们的话听进去，他依旧我行我素，直到天全黑才回来。我们只好提前帮他把饭打上，所幸有暖烘烘的铁炉子，他回来后饭菜仍然是热的。

周四的这天晚上，一轮巨大而明亮的圆月缓缓攀越枝头，挂在东边的夜空中。它把金灿却不刺眼的光线投入校园中，让一切都骤显神秘。李建国踩踏着薄薄的月光归来，三口两口将被铁炉子炙烤得吱吱冒响的面条扒进口中后，从怀里掏出来一块手帕，小心翼翼地把它打开。呈现在我们眼前的是一小沓足有大半个手掌大小的云母，即便是在夜里也能看出来它们是那种透明度极高、品质极好的云母。

李建国指着这些云母,头一次有些结巴地说:"这些都是我这段时间捡的云母,它们总共有七片,你们一人一片。它们都是我精挑细选出来的。你们这段时间一直在暗地里帮我,让我白吃了很多馍馍,我也没啥能感谢的,这些云母就算是我的答谢礼物吧。"

话刚说完,李建国的眼中居然有星星点点的光在闪动,他连忙低下头,把云母一片一片地递给我们。

我将云母轻轻捏在手中仔细端详,它真的能与王老师的那块用于教学的云母相媲美呢。我睡在上铺,距离电灯近,灯光之下它如同水晶一样晶莹,像月亮一般美丽。不知是谁提议,我们纷纷拿着云母来到了屋外,将云母高高举起,用它来观看月亮。融融月光似乎攀爬到了云母的身上,似乎同它们融为一体,也让它们更加纯净亮白,更加美轮美奂。此刻的我们仿佛也变成了"登昆仑兮食玉英,与天地兮同寿,与日月兮同光"的神仙。

这是一个美好而特殊的时刻,我们手握着云母,不仅看到了皎皎的圆月,还看到了李建国那颗晶莹的心。

[ 第六章 ]

# 仰望星空的孩子

日月轮换着从农场上空飘逝,时光一天天、一周周地缓慢流逝。冬日里的蓝天总是万里无云,清澈、干净,让人总忍不住想多看两眼。

桑红东同我们相处得更加融洽了。自从知道了"馍馍银行"的真实用途后,他从家里带来了更多的零食放进木箱里。他对我们说:"李建国的妈妈瘫痪在床,平日里肯定没人给他做饭,他和他爸多半都是凑合着吃。"李建国也喜欢吃巧克力,桑红东再带来珍贵的巧克力时,我们都有意省给他。

除了同我们打成一片外,桑红东和我们一样,深深地迷上了自然课。这段时间,我们跟随着王老师知道了花岗岩和沉积岩的差别,也知道了戴胜和啄木鸟的差别。

这学期的自然课中有关植物、动物和矿物的内容已经上完,王老师开始给我们讲述天文知识,而太阳就是他讲解的第一个天体。

　　同之前一样，王老师将我们带到教室外面，指着头顶上空明晃晃的太阳问："你们知道太阳已经存在多少年了吗？"

　　"一万年。"汪霞猜测。

　　"一万年前正是人类的新石器时代，那个时候的原始人已经能制造和使用磨制石器，并且开始从事农业种植和畜牧养殖。在此之前，原始人还经历了更为漫长的旧石期时代。所以说太阳怎么可能才存在了一万年呢？"王老师说。

　　"一百万年！"王成大胆地猜道。

　　王老师笑着说："一百万年前人类刚进入旧石器时代，你们上五年级时在历史课本上会学到陕西蓝田人和云南元谋人就处在那个年代，所以太阳不可能只存在了一百万年。"

　　"那是一千万年？"王成又猜道。

　　"你知道剑齿虎吧？"王老师说道，"剑齿虎在三千五百万年前就出现了，所以太阳不可能在那个时候才诞生。"

　　王成咬了咬牙说："我知道了，太阳一定已经存在了一亿年了。"

但王老师还是笑了笑:"恐龙你们一定也听说过吧,一亿年前恐龙就已经生活在地球上了,所以太阳存在的时间肯定要更久远,毕竟地球上绝大多数的生物都要靠阳光来生存。"

王成挠着脑袋,不敢再猜下去了,王老师见状告诉他:"太阳已经有四十亿岁了。"

"四十亿岁?"我们都惊呼起来,想象不出那究竟有多么漫长。

王老师接着问:"你们知道太阳是靠什么燃烧的吗?"

我们七嘴八舌地议论起来,有的说是汽油,有的说是煤炭,有的说是火药。毫无疑问,我们没有一个人猜对。王老师趁势进入正题,他告诉我们说:"太阳是一个巨大的火球,它的燃料是氢,它时刻都在进行着核聚变反应,所以才能发出如此多的光和热,才能持续燃烧四十亿年。"

让我们感到更惊奇的是,王老师说太阳还能够再燃烧四五十亿年左右,它现在才算是到了壮年,也是最为稳定的时候。王老师还给我们讲述了月食和日食的原理，他说："你们都听说过"天狗吃月亮"的传说，实际上，月食是一种特殊的天文现象。当太阳、地球和月亮恰好排成一条直线时，月亮恰恰挡住了太阳的光线，月食也就产生了。"

为了便于我们理解，王老师找来一个篮球当太阳、一个皮球当地球，又用一个乒乓球当月球，将它们排成一条直线。他还用一只长长的手电筒模拟太阳的光，终于让我们大致明白了月全食和月偏食是怎么回事。

利用同样的方法，王老师又让我们明白了日全食、日偏食和日环食是怎么回事。传说中的"天狗吞日"不过是当地球、月亮和太阳恰巧处于一条直线上时，月亮部分或者全部挡住了太阳的光线而已。

王老师说："日食是一种相对容易见到的天文奇观，人类历史上曾经记载过很多次日食。《诗经》中就有相应的记载，我还记得其中的几句：'十月之交，朔月辛卯，日有食之，亦孔之丑。'诗中记载的日食发生在周幽王六年夏历十月一日（公元前776年9月6日），距今已经有两千多年了。"

两千多年前的古人就见过日食，这让我们羡慕极了，我们都盼望着能亲眼见到美丽又壮观的日食。

没过多久，王老师告诉我们一个好消息："同学们，我从广播上听到一个消息，一个星期后，北半球将会发生一次日全食，大部分地区都能够看到。我已经跟桑校长商量好了，我们的自然课将调到日全食发生的时候上。你们现在要做一些准备工作，那就是每人找一块玻璃片，用蜡烛把它熏黑，我们到时候要用它来观看日全食。因为太阳的光线十分强烈，如果直视它，眼睛就会被灼伤甚至灼瞎，只有用熏黑的玻璃片才能够既安全又清晰地观看日全食产生和消失的过程。"

能够亲眼瞧见传说中的"天狗吞日"，亲眼瞧见了不起的日全食，这令我们欢欣雀跃。接下来我们便像疯狂寻找适宜筑巢的枝条的喜鹊一样，在简泉农场的各个角落里寻找玻璃片。

说来叫人沮丧，找寻大小合适的玻璃片并不是件容易的事情，它们居然比贺兰山上的云母片和石英还要稀少，我们找到的都是些只有手指头大小的碎玻璃屑，根本无法用来观察日食。其实，仔细想来这也很正常，一方面简泉农场里没有玻璃店，家家户户的玻璃都是到附近城里的玻璃店中买的，即便玻璃被风吹破或被谁砸碎了，大人们也舍不得将碎玻璃丢掉，而是将它们拼凑到一起用胶布粘上，继续使用；另一方面我们都在捡拾玻璃片，僧多粥少，自然也就难遂心愿了。

整个宿舍里只有桑红东早早地就拥有了一块碎玻璃片，它有手掌大小，方方正正的，就像是让人专门裁出来的一样。桑红东用蜡烛将方玻璃片熏黑，拿着它到外面观察太阳，虽然日食还没有到来，但他还是看得津津有味。

眼看日全食就要到来，我们七个还是没有捡到碎玻璃片，一个个愁眉苦脸的。这天中午放学后，我趴在床铺上翻着字典，无意间翻到了书页中的云母片，担心它折断，我一直将它夹在厚厚的字典里当书签。我端详着足有半个手掌大的云母片，灵机一动说："或许我们可以用云母片来观看日全食。"

大家半信半疑，李建国送给我们的云母片虽然拥有较高的透明度，但同玻璃相比仍旧相去甚远。

"我们可以出去试一下啊！"我提议道，"而且如果觉得云母片的透明度不够的话，可以将它剥薄一点，别忘了云母是层状结构的，可以剥成好多层。"

听我这般说，大家纷纷找出各自的云母来到了屋外。正如我所言，将它剥成几层后，其中的任何一层都能够用来观察太阳了。困扰我们几日的难题瞬间解决，每个人都喜出望外。我们挑拣出最完整、透明度最高的那层云母片，把它们放在蜡烛上熏烤起来。很快，它们就被熏成了黑色。

万事俱备，只欠东风。在激动的等待中，观看日全食的日子终于到来了。王老师看着手表，让我们提前将熏黑了的玻璃片或云母片举在眼前。他像举着发令枪的裁判员一样，先是为我们喊倒计时，然后大声说："准备好！日全食正式开始了！"

我们紧张得连大气都不敢出，连眼睛都不敢眨。按照王老师的嘱咐，我闭上了一只眼睛，用单眼观察云母片后的太阳。由于黑云母片的遮挡，天空由湛蓝变成漆黑一片，太阳也变成了一个温和、圆润、犹若巨大的云母片的圆银盘。就在我聚精会神的注视中，银盘的右上角出现了一个黑色的凹陷，像是毛毛虫把一片完整的树叶咬掉了一块。

凹陷越来越大，太阳被"吃"得越来越多。渐渐地，我们能够分辨出吞噬它的东西也有着规整光滑的圆弧形。王老师用篮球、皮球和乒乓球为我们所做的演示完全是正确的，正是月亮遮挡住了太阳的光线，那个一点一点地吞噬太阳的黑色的怪物就是月球。

随着太阳被遮挡得越来越多，天色也逐渐暗了下来，我们仿佛置身于暴雨即将到来的夏天，什么都看不太清楚了。不知道是不是错觉，我感到有一阵风从贺兰山的大峡谷里奔来，它让我的身上凉飕飕的，也让此刻的世界更多了一份异样的庄严。

当太阳被完全"吞噬"后，它由银亮的云母变成了一口漆黑的锅底，但在它的四周似乎有巨大的火焰在喷发，它们看上去毛茸茸的。王老师似乎早就知道我们能够看到这些毛茸茸的火焰，他对我们说："此时此刻就是日全食最为壮观的时刻，你们一定能在黑色的太阳周围看到犹如升腾的火焰一样的东西，它就是日饵。日饵是从太阳表层喷发出的等离子体环状物，它们就像是一个个巨大的拱门。你们之所以能够看到像草丛一样生长在太阳表面的日饵，正是因为它们异常巨大。日饵的长度短则数万公里，长则数十万公里，远远超出了地球的直径。正常情况下，人们只有凭借太阳分光仪、单色光观测镜等仪器才能够看到日饵。若想直接用肉眼看到日饵，就只能等到日全食时。同学们，你们幸运地赶上了这样的机会，请抓住这稍纵即逝的机会好好观察日全食和日饵的壮丽景色吧！"

我以前只听说过太阳黑子，从未听说过什么日饵。为了让我们继续观察日食，王老师没有继续给我们讲解有关太阳的知识。过了没多久，我惊奇地看到原本全黑的太阳又出现了一个明亮的凹陷，就像是天狗把刚刚吃进肚里的东西又吐出来了一样。一切仿若太阳被"吞噬"、被遮挡之前的反演。随着光亮部分越来越多和黑暗部分越来越少，太阳终于从黑暗中挣脱出来。

说来奇怪，整个日全食只有短短几分钟时间，但当我将黑云母片放下来，重新见到光芒万丈的太阳时，竟然有一种恍如隔世的感觉，仿佛经历了整整一个世纪，经历了开天辟地般的事件。日全食结束后，王老师又趁机给我们讲了同太阳相关的更多的知识，我第一次知道了耀斑和日冕，第一次听说了色球层和光球层。

王老师让我们知道了天体的宏伟和神奇、它们彼此之间所施以的巨大影响以及所造就的绝世奇观，他将我们的世界由贺兰山下的小小农场扩展到浩瀚苍穹中的日月星辰。

不知道别人是什么感觉，在经历了观看日全食这件事后，我的大脑中一直有些异样，它像经过发酵的面团一样在膨胀扩大；它像雨后的爬山虎一样在迅速生长。我很难形容这种奇怪的感觉，就仿佛有什么巨大而宏伟的东西突然间塞进我的脑中，它们让我同从前有些不大一样，也让我开始思考之前从未思考过的问题。我突然意识到太阳、月亮和星星这些司空见惯的东西其实都是那么巨大而神奇，它们像一台台复杂的机器在苍穹之中运转，而我们对它们的运行规律知之甚少，我们就像是一群渺小又无知的蚂蚁。

桑红东没有将自己的那块方方正正的玻璃片丢掉，他拿着它对准太阳看个不停，甚至希望能再看到一次日全食。生性好动的桑红东对天文地理很感兴趣，他也彻底迷上王老师的户外自然课。

自然课正好进行到了天文课的环节，在桑红东的请求下，王老师还为我们这些住校的学生上了几堂识

别星空的自然课。王老师拿来一个圆形的能够转动的活动星图，等夜色渐深、繁星如织时教我们现场辨识星座。农场虽然同繁华沾不上边，但天穹高旷，空气洁净，每到夜里便会有无数亮晶晶的星星出现在群山之上，出现在黑蓝的穹窿中。它们有单颗的，有成簇的，有连片的，像新鲜的玉米粒一般黄澄澄的，像西干渠里的鲫鱼一般银亮亮的。夜色越深，它们就越稠密水亮，仿佛玉簪开花，仿佛月盘迸溅。到了夜半时分，它们当中的一部分会汇成一条烟波浩渺的星河，横贯整个苍穹，酷似一条镂花的腰带。有的时候我痴痴地想，也许贺兰山上空是世界上星星最多的地方，也许星星也喜欢这里的简单、宁静与辽阔。

农场上空的星星虽然多如牛毛，但我只认识北斗七星和排成一条斜线的三星（参宿一、参宿二、参宿三）。在王老师的讲解下，我才知道我们身处地球的北半球，北半球的人看到的星空和南半球的人看到的星空是不一样的。另外，北半球夏季的星空和冬季的星空也不一样，我们在夏天看到的最明显的就是北斗七星，它属于大熊座。除了大熊座外，还有酷似它的小熊座，它也是由七颗星星构成的，也酷似一把勺子，这七颗星星中最耀眼、最有名的就是北极星。此外，夏季著名的星座还有天琴座和天鹰座，天琴座里有四颗星星构成了一个四边形，它酷似织女织布时用的梭子，我们从小就听说的织女星就在其中。牛郎星是天鹰座的主星，它的左右两侧各有一颗略显暗淡的星星，酷似牛郎用扁担挑着的两个孩子。同天琴座和天鹰座一样好认的还有天鹅座，它酷似一只伸着长长的脖子、展开翅膀的天鹅，也像是一架悬挂在苍穹之中的巨大的弓弩。

眼下正是辨识冬季星座的好机会，王老师指着南边天空中齐整地排列成一条斜线的三星对我们说："北半球夏季夜空中最引人注目的星座是大熊座，而北半球冬季夜空中最引人注目的星座就是包含有这三颗星星的星座了。这三颗星在民间被形象地称为三星，实际上它是猎户座的一部分，它们和另外的星星共同构成了一个猎人的形状。"

对照着星图，在王老师的指点下，我们终于辨识出了天空中的那个手持大棒的猎人。此时，王老师又指着三星对我们说："在西方，三星被称为猎人的腰带，因为它们很像是猎人所系的镶有铜钉的腰带。"

我们又仔细辨认了一会儿后，觉得的确很像。

王老师又指着猎户座左下方的一颗格外明亮的星星说："它是天狼星，是北半球冬季最明亮的星星，天狼星和另外几颗星星共同构成了大犬座。"

根据王老师的指点，我们果然辨识出了大犬座的轮廓——一条立起身的狗。王老师还教我们识别出了小犬座——一条同样靠后腿站立着的小狗，它仿佛在等待主人喂自己。夏季的夜空中既有大熊星座又有小熊星座，而冬季的夜空中既有大犬星座又有小犬星座，这真是件格外有趣的事情。

我们打着手电筒，一边仰头望着刚刚辨识出来的星座，一边低头端详着王老师手中的星图，照猫画虎地把那些星座都画在自己的本子上，以便以后进行辨识。

我留意到王老师的眼睛亮晶晶的，夜空中的那些光亮璀璨的星星仿佛都倒映在他的瞳孔中。我的心中对他充满感激，在此之前，从来没有一个人能在深更半夜里教我们这些农场的孩子辨认星座。过去我曾有过疑惑，王老师是场部中心小学里学历最高的老师，为什么不教语文、数学等主课，偏偏要教自然课？此时此刻我似乎明白了缘由,他是真正了解自然、热爱自然的人,只有他会不遗余力地将自然界中的宏伟雄壮和幽微奇妙展示给我们;只有他让我们知道自然界中没有什么是愚蠢的,没有什么是渺小的,万事万物都有其独一无二的价值和不为人知的美丽。他认为对我们这些出生于农场的孩子来说,拥有开放的眼界和广阔的心灵才更有意义。

等我们笨手笨脚地将猎户座、大犬座和小犬座都画在本子上后,王老师又指着亮晶晶的天狼星对我们说:"你们知道吗?天狼星其实不是一颗星星,而是两颗。"

"两颗?"我们都难以置信地望着像颗大宝石一般熠熠闪耀的天狼星。为了能看得更清楚些,我们还努力地半眯着眼睛,但无论我们怎么仔细观察,都没有看出它是由两颗星星组成的。

王老师对我们说:"在宇宙中像太阳这样的单星系统其实只是少数,大多数的恒星系都是双星系统,也就是由两颗恒星构成的系统。两颗恒星一大一小,相互绕转,大的被称为主星,小的被称为伴星。天狼星的主星是一颗体积略大于太阳的恒星,而它的伴星是一颗半径比地球还小的白矮星。天狼星距离地球有8.6光年左右,虽然你们凭肉眼无法看出它实际上是两颗恒星,但只要有一个较大口径的望远镜就能够辨识出来,我去想想办法,借一架天文望远镜来让你们开开眼界。

我们的心中充满了期待。王老师又说:"除了双星系统外,宇宙中还有许多恒星系是三星系统,也就是说我们看到的某颗星星实际上是由三颗星星组成的,它们相互环绕,做着不规律的运行。比如说距离我们最近的恒星半人马座α星就是一个三星系统,它有两颗主星,分别是半人马座α星A和半人马座α星B,它们的伴星半人马座α星C是一颗红矮星,它就是人们常说的比邻星,是距离太阳最近的恒星之一。"

我们更感到稀奇了,在这之前,从来没有人告诉我们天上的星星竟然是由两颗甚至三颗星组成的,只是因为距离太远的缘故,它们看上去才像是一颗星。

有一天晚上,王老师带了一架黑色的、沉甸甸的天文望远镜,也不知道他是从哪里借来的。为了防止出现抖动,王老师还同我们齐心协力用铁钉和旧木条制作了一个简易的三脚架。他把望远镜放在木架上,仔细调整角度后,终于将镜筒对准了闪耀不息的天狼星。

王老师让我们挨个到望远镜前观看。当我们看清楚天狼星真的是由相距很近的两颗星星组成时,简直惊呆了。王老师告诉我们:"天狼星的主星和伴星看上去只相隔一厘米,实际上它们之间的真实距离在12亿千米到47亿千米之间,这个距离远大于地球同太阳之间的平均距离1.5亿千米。同学们,这就是距离的力量,这就是宇宙的浩瀚。天空之中任何看似渺小的东西实际上都巨大无比、辽阔无比,它们远远超出了我们的认知和想象。你们都知道一个成语'井底之蛙',在太空面前,在宇宙面前,我们是真正的'井底之蛙'啊!"

同之前看完日全食的感觉一样,又有什么晶亮而巨大的东西塞进了我的脑海中,它让我觉得自己是如此渺小,也让我觉得学习和生活中的那些烦恼是那般不值一提,甚至让我觉得巍峨耸立的贺兰山也没有那么高不可攀了。

王老师抬头望望星空,继续对我们说:"简泉农场其实是个好地方,虽然这里相对缺水,风沙也比较大，但空气格外透彻和干净；这里也没有什么工业，没有大气污染，因而是观看星星的最为理想的地方。"

我点了点头。从小我就喜欢千姿百态的天空，喜欢像白砂糖一样闪着银光的星星。我所熟知的三星就是我妈教我认识的，而在她很小的时候，我外奶奶（姥姥）就告诉她它们是三星。

没过多久，桑红东不知从哪里也借来了一架双筒望远镜，每天夜里他都乐此不疲地用它来观看星星。我和叶伟的兴致也很高，我们和桑红东用望远镜又发现了好几个双星系统，可惜的是我们不知道这些恒星的名字。我们还用望远镜看见了月亮上的环形山，在月球的边缘处它们格外清晰，甚至能隐约看出高度来。这是又一个改变了我的认知、开阔了我的大脑的发现，月球并不是古诗中的仅有餐盘大的圆轮，而是一个广阔的星球。在它的表面同样有平原和高山，那些造型奇特的环形山说不定同贺兰山一样高大险峻呢，只是38万千米的距离让它们看起来很渺小。

[第七章]

# 浩瀚宇宙的繁星

这个冬天显得格外漫长，在正式放寒假之前还下了一场不大不小的雪。雪花落满了大地，也覆盖了贺兰山巅。

过完春节之后，无处不在的寒意就像残雪一般渐渐消退了，不知从什么地方吹来了夹杂着潮湿的泥土和新鲜青草气息的微风，吹拂在面庞上微微有些发痒。毫无疑问它正是春风。它有着不可思议的魔力，它一到来，辣辣秧、蒲公英、苦苦菜和风毛菊便开始星星点点地从土里往出钻。与此同时，那些被严冬凌虐了几个月的杨树和柳树也重新生出了嫩绿的枝条，枝条上又生出了毛茸茸的芽苞。

天空不再那么低沉和忧郁了，它像是刚刚被擦拭过一般闪耀着明快的、令人振奋的光亮，而变得温暖的太阳像头既温柔又可爱的小牛犊，在天空中漫步。

冬春交替之际，于师傅对三只骆驼更加上心了，他不知从什么地方弄来了些饲料和胡萝卜，每天都会尽心尽力地投喂它们。骆驼很爱吃胡萝卜，它们大口地咀嚼着，虽然胡萝卜已经发蔫了，但仍旧有橙色或者黄色的汁液从它们的嘴边流淌下来。

新学期开学之后，我发现小骆驼明显长大了，它也不像最初那样瘦骨嶙峋了，它的脊背上的驼峰也更明显了，看起来严寒未能阻挡它的生长。但相形之下，母骆驼更加衰老了，身上的毛大块大块地脱落，看上去触目惊心。老骆驼也是只母骆驼，从骆驼母子对它不理不睬来看，它们同它应该没有血缘上的关系。

严寒同样未能阻挡我们的生长，我和叶伟不再掏裆骑自行车了，我们开始跨坐在大梁上骑，我们的双腿已经能够着脚踏板了，不必等它们空转一圈回来后再继续蹬。

除了小骆驼的变化和我们自己身体的变化外，这学期最令我们关注的事情便是王老师和桑老师的婚事。

我们是从桑红东的口中知道王老师和桑老师是恋人这件事的。桑红东告诉我们："王老师比我姐大两岁,他毕业之后本来可以留在城里,但他放弃了留城里的机会,选择回农场教书。他说相比起城市来,农场更需要教师,只有知识才能改变这里的面貌和农场职工的生活。我姐姐本来打算调到城里的一所小学,也就是我曾经就读的那所小学,但她同王老师相识后改变了主意,也打算留下来为农场子弟的教育尽点力。"

"那王老师和桑老师很快就会结婚了吧?"叶伟问。我们也都希望他们能够结为伉俪,因为在我们的心目中他们是真正的郎才女貌。

没想到桑红东却悠悠地叹了一口气:"虽然我姐和王老师志同道合,而且我妈也同意他们来往,但我爸一直持反对意见,他说如果他俩想结婚,王老师就必须调到城里的学校。"

"为什么啊?"我们迷惑不解。

桑红东挠挠头说:"我爸一心要让我姐嫁到城里,他说什么事都能商量,但这件事不能商量;什么事都能让步,但这一点不能让步。我爸其实是个很开明的人,但不知为什么他在这件事上特别顽固。我姐和王老师留在农场,用自己的知识帮助农场改变面貌,这是多好的一件事,何况我爸是农场的场长,他应该带头支持。可惜谁也说不通他,就连我妈也无能为力。我们都想不通我爸是怎么想的。"

我们都沮丧地低下了头。沉默了一小会儿后,李建国问:"那桑老师是什么主意啊?"

"我姐跟我说王老师有理想、有热情,她最崇拜的就是这种满腔热忱的理想主义者。"桑红东说。

我们点点头,心中总算有些许安慰。我们都盼望着桑场长能够回心转意,答应桑老师和王老师的婚事。场部中心小学正是因为有了王老师这样的老师,才吸引了周边的孩子们,而我们的头脑和心智也正是因为王老师才有了提升。如果桑老师也留在场部中心小学,那么以后会有更多的像他们这样有学问、有理想的老师在这里执教。知识改变命运,众多农场孩子的命运会因他们而改变,农场的面貌也会日新月异。

我们又为王老师的情怀与坚持而感动。农场里的条件要比城里差很多,换作其他人,如果有这样的机会早走了,但他却选择忠于自己的理想。

对于王老师的这一足够被誉以高尚的行为,我们几个也曾不止一次地讨论和猜测过。

"你们说王老师为啥坚持要留在农场里啊？"

"这是因为他就是生于农场长于农场的人啊！"

"在农场里长大的人很多，可是他们未必都回来，我堂哥中专毕业后就留在了城里。"

"可能是因为相比起他们来，王老师更加热爱家乡吧。"

"肯定是这个原因，别的人叫不上来那些野花野草的名字和头顶上的星座的名字，也不知道贺兰山中有云母，更不知道'天狗吞日'是怎么一回事。王老师比他们懂得更多，所以才更加热爱自己的家乡。"

"是的，是的。以前我觉得农场灰头土脸的，而且还很落后，但自从跟着王老师见到了那些奇景，学到了那些知识后，我觉得农场其实是个好地方，只不过它的美景和物产暂时不为人知而已。"

"我也是如此。"

"还有我……"

……

这段时间我们和桑红东一样，一直为王老师和桑老师的婚恋问题而忧心，所幸的是王老师并没有因此而受太多的影响，他的眼眸中仍旧闪烁着好奇与热情

## 贺兰山上的星星

　　我爸总是会欣慰地端详着奖状，我妈也总是长久地站在那里。望着我幼时的照片，再望着我获得的奖状，他们的脸庞上似乎也有了光亮，这幅小小的奖状带给了他们巨大的精神力量。

HELAN SHAN SHANG
DE XINGXING

的光芒，他给我们讲课时也仍旧饱含热忱。时间迈着轻盈的脚步，轻巧地从三月跳到了四月，草木更加繁茂了，新枝和新叶都闪着翡翠般的新绿，初开的花朵则泛着宝石般的亮泽。洁净的空气中鸟儿在饶舌地啁啾着，而到了夜里，静穆寥廓的苍穹中，黄澄澄的月光像香油一般缓缓地流淌下来。

一天夜里，时间已经过了十点钟，宿舍里熄了灯，我们也在似有若无的风吼和虫鸣中进入梦乡。

砰砰砰，外面有谁在用力地敲门。我们一个接一个地被吵醒了。

"谁？"离门最近的桑红东问。

"是我，王孝。"

听到王老师的声音，桑红东翻身起来，我们也连忙往起爬。我在心里嘀咕："王老师又来敲门，难道又有谁在学校里装神弄鬼？可这个时节玉米种子才刚刚播撒下去，学校自留地里还是光秃秃一片啊。"

桑红东把门打开，王老师急匆匆地进来，对我们说："快！都把衣服穿上，快出来看！"

我们不明白究竟发生了什么事情，但还是三下两下穿好衣服跳下床铺，跟随王老师来到了校园内的空地上。他指着星光熠熠的夜空对我们说:"哈雷彗星来了!它每隔76年才回归一次,大多数人一生中只能见到它一次。你们现在十来岁,就算你们能够幸运地活到八十六七岁,也只能瞧见它两次而已。你们一定要珍惜这个难得的机会,好好瞧一瞧哈雷彗星的'英姿'!"

顺着王老师的手指,我们看到在月华皎洁的夜空中,一颗奇特无比的彗星正静悬其中。它比北极星和天狼星都要明亮,比所有的星星都要大许多,甚至比月亮还要惹人注目。它拖着一条愈远愈淡的长长的尾巴,就像是一只会发光的蝌蚪、一束长久燃烧的焰火或者一个不可思议的符号。之前我们用望远镜观察过月亮,也观察过双星系统,但我们从未见过如此奇特、如此与众不同、如此撼人心魄的星星。

就在我们呆呆地望着它时,李建国想起来什么,突然喊道:"扫帚星!扫帚星!"

昏暗之中,王老师点了点头说:"是的,彗星在古时候被称为扫帚星,因为它的形状就像是一把发光的扫帚。彗星是以椭圆形轨道围绕太阳运行的一种特殊天体,它由冰块和尘埃组成,就像是一个大雪球。

当彗星处在远日点时,它们被冰冻得严严实实,但当它们接近近日点时,由于温度升高,冰块和尘埃就会升华,并被太阳风吹拂出长长的尾巴来。"

为了便于理解,王老师还打开手电筒,用树枝在地上画了太阳、彗星和一个扁长的椭圆形的轨道。他又说道:"人类迄今为止已经发现了1000多颗彗星,但是用肉眼直接能够看到的彗星并不多,它们得有足够大的质量才能在抵达近日点时被吹出彗尾来。另外,有的彗星的回归周期有好几百年,这就导致大多数人在有生之年都无法看到它们的踪影。在所有彗星中,最著名的就是现在正位于你们头顶上空的这颗哈雷彗星,它是由英国的天文学家爱德蒙·哈雷在17世纪精心观测并成功预言其回归期的。其实,在古时候我们国家的学者也对哈雷彗星的出现做了记录和记载。你们好好欣赏它吧,因为你们要等到2062年才能够再见到它,这可是一段无比漫长的时光啊!"

2062年,那真是一个遥远得难以想象的年份啊!此刻才是1986年,老师们经常叮嘱我们要努力学习,争取到2000年让我们国家实现四个现代化。对于我们而言,2000年都是一个极其遥远的年份啊!

之前王老师带我们看日全食、观测双星系统，让我们对空间的广阔有了直观的认识。今天，他又让我们对时间的浩瀚与无限有了真切的体会。根据时间来推算，上一次哈雷彗星回归时应该是1910年，那个时候别说是我们，就连我们的父母都还没有出生。而等哈雷彗星在2062年回来时，我们的父母早已不在人世间，甚至连我们也有可能告别尘世，就算还活着的话也是八九十岁的颤颤巍巍的老人了。

一想到这一点，我真心觉得眼下的机会是如此珍贵，如果我们同头顶上空的这颗奇特的彗星擦身而过的话，真的是一大遗憾呢。我顾不得脖颈发酸，一直仰着脑袋望着哈雷彗星，它同周围零落的星星、东边的金黄的月亮和地球上仍覆盖有白雪的贺兰山共同构成了一个罕见的奇观、一幅恢宏壮丽的画和一种凡人难以理解的存在。

在我出生之前，哈雷彗星就在幽深无边的太空中风驰电掣；在我的父母还是个孩童时，它就沿着椭圆的轨道昼夜兼程。它像是一名忠心耿耿的信使，又像是定期回家的燕子。它同我相遇是有原因的，它一定想将某个信息、某个祝福和某个信念带给我。它仿佛是宇宙送给我、也送给此刻仰望它的每一个人的礼物。

仰望着流光溢彩的哈雷彗星,我愈发地感觉到它的神奇、曼妙与壮丽。它是难得一见的天空的精灵,是真正可遇而不可求的天文奇观。以前仰望猎户座和三星的时候,我觉得它们对我有着某种寓意,此刻打量着光亮璀璨的哈雷彗星,这种感觉更加强烈。

桑红东跑回宿舍,将他的望远镜拿来。凭借着望远镜,我们果然看到了它明亮的彗核和犹若薄纱、犹若秋雾的彗尾。王老师说哈雷彗星和周围的恒星不一样,它实际上是自西向东片刻不停地前行的,在经过地球后,它还要相继掠过金星和水星,最终到达近日点,然后折返向深不见底的太空,开始新的旅程和轮回。但由于距离的原因,我们无法看出它是处于运动中的。

哈雷彗星显然也带给桑红东极大的震撼与冲击,一连好几个夜晚,他都抱着望远镜寻找哈雷彗星的踪影,直至它渐行渐远,越变越小。他不知从哪里借来一本同天文有关的书,书很破旧,封面已经不知去向,但它的内容却很丰富,里面有介绍行星与恒星、星座与星系的诸多内容。通过他借来的这本书，我们知道了月球上的静海、澄海、雨海、风暴洋、丰富海等。原来它们都是月球表面的地势低洼的大平原，由于反光率低于周围高原和山脉，它们的颜色比较深，远看就像是月球上的湖海。我们还知道了亚平宁山脉、莱布尼茨山脉和阿尔卑斯山脉，它们是月球上的三条主要山脉，其中莱布尼茨山脉的高度达到了9000米，比地球上最高的山峰珠穆朗玛峰还要高。

王老师就像是一位引路人，把我们领到了多姿多彩的大自然中，领到了广袤无边的宇宙空间中。以前，我们以为宿舍、食堂和场部中心小学就是生活的全部；我们以为简泉农场和它旁边的贺兰山就是整个世界。眼下，我们知道了就连整座山脉、整颗地球都渺小得如同尘埃，宇宙的神奇和不可思议远远超乎我们的想象。

当一个人的视野和头脑都变得开阔时，当一个人知道了自己的渺小和无知时，他就会变得谦逊、温和而友好。难得一见的哈雷彗星、熠熠生辉的星辰日月让我们彼此间相处得更加融洽和敦睦了，它们也让桑红东对王老师更加敬佩和喜爱。我们注意到他不再戴那顶气派的大檐帽了,大檐帽再也没有出现在宿舍中。桑红东转而将望远镜整日挂在胸前,白天用它来找寻贺兰山上的矮树和岩羊,晚上用它来观察彗星、月亮和恒星,窥探自然界中的种种奇迹。

哈雷彗星渐渐消失在璀璨星海之中。虽然已不见它的踪影,但我们仍时常惦念着它,它是我们所见过的最美的天体。我相信如此美丽又神秘的星星一定会为我们带来好运。

[第八章]

# 哭泣的骆驼

进入五月份后,无论是在场部中心小学还是在农场的其他地方,空气里都弥漫着一股股甜丝丝的味道,就像是一群群的蜜蜂直接把蜜产在了半空中。这些沁人心脾的甜味有的来自一簇簇金色的小铃铛一样的沙枣花,有的来自一团团蝴蝶一般的槐花。

冰草、寒草、狗尾巴草、黄蒿、赖草、白草、田旋花、风毛菊、蒲公英、胖娃娃草、骆驼蓬、刺藜……所有能叫得上名字的野草、野花都在肆意开放,葳蕤生长。不知道是不是我的错觉,有的时候匍匐在地上,将耳朵靠近这些野花、野草时,似乎能够听见它们丝丝的生长声。它们也知道光阴苦短,美好易逝,抓紧时间吮吸阳光、清风与雨露,抓紧时间拔节、抽穗与开花,为孕育后代做好准备。

同野草、野花一样,田地里的小麦天天见长,不断增高,没过多久便连乌鸦的脑袋都能藏进去了。它们也抽穗、开花，最后结出了一个个麦粒。六月份后，原本空瘪、清瘦的麦粒像接连吃了好几天大席的娃娃的肚皮一样，鼓胀、饱满起来。

　　经过一整个学期的适应，我的学习成绩有了明显的提高，这令同桌裘芳刮目相看。裘芳的数学成绩很好，数学老师曹老师经常表扬她，相形之下我的语文成绩更出色些，尤其是我写的作文经常被桑老师当做范文来读。桑老师夸我的作文写得很细致，观察得很仔细，我想这多半要归功于王老师，正是王老师的自然课培养了我们仔细观察一草一木、一叶一脉的习惯。六一儿童节之后，场部中心小学举办了一场全校作文大赛，我写的一篇名为《我的老师》的作文获得了一等奖，桑校长为我颁发了奖状，还为我发了奖品——一个带有拉链的精美的塑料铅笔盒。这样的铅笔盒很贵，我在场部商店里见到过，它对我来说是货真价实的奢侈品。我从来不敢奢望能有这样的一个铅笔盒，眼下将它捧在手里，我竟然有一种不真实的感觉。

　　我爸将奖状贴在了朝南的正墙上，那是家里最显眼的位置，墙上还挂着两个红边的相框，相框里有我爸我妈年轻时的为数不多的照片,还有我们在布景前照的全家福。我爸总是欣慰地端详着奖状,我妈也总是长久地站在那里。望着我幼时的照片,再望着我获得的奖状,他们的脸庞上似乎也有了光亮。这张小小的奖状带给了他们巨大的精神力量。

桑老师在班里念了我的这篇参赛作文,她的声音抑扬顿挫,非常好听。但我半低着头,脸上阵阵发烫,仿佛做了什么错事。每一次她念我的作文时,我都是这般模样,既开心又有些不好意思。

就在这堂作文课之后,裘芳主动向我请教如何写好作文。她显得很真诚,还送给我一个煮红薯和一根香蕉。放学之后,吃着甘甜的红薯和难得一见的香蕉,我的心里甜丝丝的。这些变化让我仿佛被六七月的明亮、炽热的太阳所照耀,我对未来的生活充满信心与希望。

今年的阳光一直格外充足,暑热蒸腾起的缕缕空气像一只只细小透明的手臂在半空中来回舞动着。由于气温高,光照足,今年的小麦比去年提前了十多天完成了灌浆和完熟。饱满而金灿的麦穗相互拥挤着,彼此问候着,发出令人愉悦的沙沙的声响。

同往年一样，已经熟透了的麦地显得雾蒙蒙的，就像一大堆碎金子一样晃得人眼花，但它们又是那么真实，独特的麦香被微风一阵阵地带到鼻孔里。往年夏收都在七月中旬左右，这个时候学校已经放了假，我可以帮父母兄长的忙，但今年小麦成熟得早，期末考试都还没举行呢，加之我爸干农活时一条胳膊受了伤，今年的扬场就成了大问题。周日回到家中后，我看到爸妈为这件事而忧心忡忡。尽管如此，他们仍旧叮嘱我要安心学习，不要为家里的事情操心。我点了点头，我知道他们的希望都在我身上。

就在期末考试的前一周，场部中心小学发生了一件有些蹊跷的事情。那天早上，朝阳将红色的霞光铺满了小半个天空，被它渲染得犹若玫瑰花瓣一样的云慵懒地飘着。霞光映射不到的大半个天空里是水洗稠般的蓝色，它们同黛蓝色的贺兰山交相呼应，竟然让这座古老苍凉的山脉也呈现出难得的安逸和纯真。

因为临近考试，我和叶伟早早起来，打算到食堂里喝碗热乎乎的稀饭，就着酸菜啃个馒头，然后到操场上背课文和数学公式。然而我们到食堂门前时却发现食堂的木门紧锁着，于师傅不知去向。由于天气太热，馍馍极易长毛，这个时节我们已经不再从家里带干粮了，于是我们只能在小木箱底找了一些干馍馍渣，将这些干馍馍渣抓起来塞进嘴里，再灌几口凉水，就算吃了早饭。

刚刚来到学校的空地上，我和叶伟就看到于师傅牵着那两只棕褐色的大骆驼往外走，老骆驼和母骆驼的身上还各自驮了一个大大的塑料水桶，而毛色发灰的小骆驼则亦步亦趋地跟在它们后面。

于师傅从来没有在清早遛过骆驼，而且也从来没有把骆驼牵出过学校，眼下他连早饭也顾不上给我们做就牵着骆驼往外走，这令我们颇感惊奇。我们一个个捏着课本，呆呆地望着他和那三只骆驼。

于师傅快走到学校的大门口时，遇到了教数学的曹老师。临近考试，各个年级、各个班的老师都要用钢板和蜡纸刻卷子，用油印机印卷子，曹老师昨天没有排上油印机，他一定是惦记着印卷子才早早来到学校的。

看到于师傅牵着骆驼往出走，曹老师也很好奇，问道："于师傅，你这是去哪里呢？"

于师傅回答："骆驼得了肠炎，这几天吃不下东西还拉稀。听说几十里外的汪家庄有一个专门给骆驼看病的老兽医,我把骆驼牵到他那里让他给看一下。"

曹老师点点头,没有再说什么,匆匆往油印室走去,于师傅则牵着骆驼走出学校大门。原来骆驼得病了,怪不得于师傅连饭也顾不上给我们做。

于师傅说要去几十里外的地方给骆驼治病,骆驼走得慢,我们估计他无论如何也不可能赶在中午前回来,看来我们的午饭也没有着落了。如果骆驼的肠炎比较难治的话,我们甚至有可能连晚饭也吃不上了。

快考试了,我们总不能饿着肚子上课和复习吧?桑红东带着我们去找桑校长。桑校长既感意外又有些恼火,他说道:"给骆驼看病起码也该事先打个招呼吧!怎么能撂下这么多学生饿肚子!"接下来他一连拨打了好几个电话,最后从场部找到一位退休的阿姨,让她帮忙来给我们做顿饭。

暮色沉沉之际,于师傅终于回来了。奇怪的是,他只牵着母骆驼,老骆驼和小骆驼并没有跟回来。我们百思不得其解,跟在于师傅的身后,看着他面无表情地把母骆驼牵进圈舍里,关上了圈门。

"老骆驼和小骆驼会不会正在学校外面吃草啊？最近那里的骆驼蓬和骆驼蒿长得很茂盛。"田忠怀着一丝侥幸说。我们一口气跑到学校外面，绕着院墙跑了一圈，可根本没有老骆驼和小骆驼的踪影。

给母骆驼添了些草料后，于师傅便背着双手回家了。

暮色渐深，原本像天鹅绒一般闪闪发光的天空被一片昏暗所取代，仿佛一只巨大空灵的眼睛突然间患上了眼疾。暑气到深夜才会消退，一股股的热浪仍在耀武扬威，不过到了夜里九点钟，一阵阵微风从贺兰山上吹下来，夹杂着岩石的清凉和陌生蒿草的气息。

风也将各种各样的声音吹进我们的耳朵，我们正准备睡觉时，突然听见一阵断断续续的低沉、凄惨又揪心的叫声。

"啥东西在叫？"桑红东吓了一大跳。

我们屏息聆听，果然有什么东西在叫，叫声格外凄凉，格外悲伤，是那种直击心灵的声音。我们又仔细辨听了一会儿，确信它不是牛马发出的声音，也不是猪羊发出的声音。

"是母骆驼！"叶伟突然猜道。

联想到母骆驼是孤零零地跟着于师傅回来的,我们都点了点头。母骆驼每天和小骆驼朝夕相处,相依为命,天黑之后它一定想念自己的孩子了。我们带上手电筒来到玉米地旁边的骆驼圈前,果然是母骆驼在耸着脖子叫。它背对着我们,面朝着贺兰山的方向,像一位悲伤的母亲一样用嘶哑、低沉、撕心裂肺的声音接连不停地叫唤着。

"母骆驼真可怜。"叶伟说。

"于师傅肯定将老骆驼和小骆驼卖掉了,要不然它们咋没有回来?"王瑞明说。

"他不是去给母骆驼看病了吗?怎么把老骆驼和小骆驼给卖了?"田忠不明白。

王瑞明说:"兴许是兽医看上了小骆驼,于师傅趁势就把它连老骆驼一起卖了。你们想想看,于师傅养骆驼肯定就是为了卖钱,我估计他养母骆驼的目就是为了卖小骆驼,母骆驼生一个他就卖一个。小骆驼能让于师傅挣上钱,但老骆驼眼看没几天活头了,于师傅就把它也便宜卖掉了。"

王瑞明分析得头头是道,我们都点了点头。我们也不知道该如何安慰伤心欲绝的母骆驼,更不知道如何才能叫它停止哀嚎。我们回到宿舍，直到夜深人静时，母骆驼仍在时断时续地哀嚎。

半夜里，外面居然传来了阵阵密集的窸窸窣窣的声音，像是有一千条小鱼在吐泡泡，又像是有一万只蜻蜓在摩挲翅膀。我被这接连不断的轻响和从前、后窗户里吹拂进来的阵阵湿润的凉意扰醒了。我睁开眼睛，终于意识到外面正在淅淅沥沥地下着小雨。

通常来讲，这个时节下雨对农场来说并不是件好事，所幸的是夏收提前完成，并不会受到这场雨水的影响。我家的麦子已经晾晒干并且扬干净了，此时此刻正堆放在场上的大棚中，因此我不用担心。生产队里大多数人家的麦子也都在大棚里等待入囤归仓，他们也不必担心。

我想起自己从课本上学过的一句古诗"君问归期未有期，巴山夜雨涨秋池"，突然间觉得用它来形容母骆驼的心境很合适，在这个凄冷孤单的雨夜里，它一定彻夜难眠地想念着自己的孩子，一定盼望着能同它再见一面。

细雨一直到天明之后才停下来。经过它的洗涤，屋顶、砖墙、树叶、草叶、地上的碎石以及在地上爬行的甲虫的背壳都闪烁着光亮，蒸腾得人昏昏欲睡的暑热也消散了不少，空气中充满着令人欢愉的湿润。

期末考试马上就要举行了，我们都期盼着这样的凉爽与清新能够多持续几日。于师傅回来后，临时做饭的阿姨也回去了。我们本以为这下可以正常吃饭、好好复习了，没想到于师傅一直心事重重，做起饭来也有些马虎。

于师傅不知从谁家的自留地里采了一编织篮梅豆。这个时节的梅豆大都是老梅豆，里面的豆子已经接近成熟。可能是于师傅没将梅豆煮熟，我们吃过午饭后就开始头晕恶心，呕吐不止。

得知这一情况后，桑校长急忙联系农场医院的大夫。两个大夫来到学校，看了看我们的呕吐物后，说道："这是集体食物中毒，肯定是因为梅豆没煮熟造成的。"

大夫让我们多喝水，还发了维生素让我们吃下去。其中一位年长的大夫对桑校长说："绿豆汤可以解毒，你让食堂的师傅抓紧熬一锅绿豆汤给学生们喝。还有几个症状比较严重的学生得输液，你赶紧让人把他们往医院送。"

安排人将几个症状较重的学生送到医院后,桑校长阴沉着脸到食堂找于师傅,一方面准备批评他一顿,另一方面让他抓紧熬绿豆汤,可他发现于师傅也吃了自己做的饭菜,抱着泔水桶吐个不停。于师傅年纪大了,头重脚轻的,走路都打摆子,也属于中毒比较严重的人。桑校长不得不让人把他也送到医院输液。

因为梅豆中毒的原因,桑校长给我们放了一天假。一夜过去,就在朝霞刚刚退去、麻雀们开始在枝头啁啾的时候,两个一大早来为学校拉电线的年轻人见到圈舍中的母骆驼,感到稀奇,便趁四周没人擅自打开了圈舍的门,到里面逗骆驼玩。母骆驼被惹生气了,喷了他们一身口水,还想用两排大牙咬他们。本以为骆驼同绵羊一样温顺的他们这下领教了骆驼的厉害,慌忙逃跑,慌乱中忘了关圈舍的门,也忘了关学校的大铁门。等我们发现的时候,母骆驼已经昂首阔步地走出了校园,并且径直朝贺兰山脚下走去。

我和几个同学挖着胳膊去拦母骆驼,但身高体健的它根本没把我们几个放在眼里,昂着头继续往前走。怕被它咬到和踢到,我们不得不让开。

看来仅凭我们几个小不点根本无法将骆驼拦下

来，这个时候得有个大人帮忙才行。我们思来想去决定找王老师帮忙。一来是他在场部居住，距离学校最近；另外，在所有老师中他最有亲和力，也最了解动物的习性。我们几个继续用尽全力阻拦母骆驼，桑红东跑到场部去请王老师来帮忙。就在我们彻底无能为力的时候，王老师大步流星地赶了过来。

"于师傅把小骆驼卖给了几十里外的汪家庄的兽医了。"

"这几天晚上母骆驼一直在叫唤，它肯定是想到汪家庄找小骆驼。"

"于师傅不在，圈舍的门被供电所的人打开了，母骆驼才跑出来。"

我们七嘴八舌地将事情的前因后果告诉王老师。听完我们的讲述，他像想到了什么事似的蹙起了双眉。他抬头望了望渐渐远去的母骆驼，突然问道："你们愿不愿意跟我一起去跟踪母骆驼？这可能需要大半天时间，好在今天不上课。"

我们都激动地点了点头。有王老师在，我们就不用担心母骆驼会跑丢了。另外，因为忙着复习，我们已经有很长时间没同大自然亲密接触了。

[ 第九章 ]

# 母骆驼有秘密

在王老师的带领下，我们跟上了母骆驼。在气喘吁吁地跑到距离母骆驼二三十米远的地方后，王老师示意我们停下来。他说："我们就保持在这个距离范围内，不要惊扰它，看看它究竟要去哪里。"

从王老师的话里，我能猜出他似乎并不认为母骆驼是前往汪家庄的。果然，当母骆驼沿着东北方向来到靠近第四生产队的贺兰山大峡谷跟前时，它向西一拐，经过蓄水的涝坝，径直朝峡谷中走去。

"母骆驼走错方向了，汪家庄得继续往北走。"叶伟焦急地说。

王瑞明也指着北边说："母骆驼记错路了。"

但王老师示意他们安静下来，低声说道："骆驼是不会轻易认错方向的。它们是沙漠之舟，就算在人类完全辨不清东西南北的大沙漠里，它们也能够找到正确的路，并且找到曾经去过的水源地。"

叶伟和王瑞明动作一致地挠着脑袋，田忠一脸困惑地问："可是于师傅亲口跟曹老师说他要把骆驼带到汪家庄，请老兽医给它们治肠炎。难道说于师傅没有把它们带到汪家庄，而是带到了峡谷里？"

王瑞明也问："难道说峡谷里还住着人，还住着兽医？"

王老师没有回答他们，过了好一会儿他才说："我们跟着母骆驼走就会知道答案的。"

随着太阳的升高，温度也迅速上升，前两天那场夜雨带来的湿气渐渐被蒸发殆尽。母骆驼接连几天不喝水都没关系，但我们已是口干舌燥。好在脚下就是琤琤琮琮、清澈透亮的山泉水，我们用手捧着喝了个痛快。

喝下清凉散暑的泉水，我们便像被甘露浇过一样，忘记了疲乏，继续跟在母骆驼的身后。

曲曲折折的峡谷时宽时窄，母骆驼的驼掌又宽又有肉垫子，它走路的时候没有发出什么声音，倒是我们的脚步声在空空荡荡的山谷间回荡个不停，而且回声的高低也随着峡谷的宽窄而变化。

以前我和几个小伙伴到峡谷里探过险，当走到阴森昏暗的地段时，内心总是充满恐惧，生怕有猛禽和野兽出来袭击我们。眼下有身材高大的母骆驼在，有王老师在，我再也不用提心吊胆了。

母骆驼似乎来过大峡谷，遇到那些陡坡和拐弯时，它没有半点迟疑，始终走得从容不迫。终于，我们来到了大峡谷的分岔处，几十米宽的大峡谷在这里变成了十多个仅有几米宽的小峡谷。由于狭窄，它们显得更加幽深、黢黑和可怖，谁也不知道它们究竟通向何方，又延伸了多远。

一口气走到这里的母骆驼终于停了下来，但它停留的时间并不算长。它伸着脖子，睁着硕大而黑亮的眼睛朝那些小峡谷张望了一会儿，之后便选中了目标，朝其中的一条走去，我们紧紧跟了过去。

庆幸的是，袖珍峡谷并不像我们想象的那般幽暗、陡峭和恐怖。峡谷中有更细的山泉和散落的碎石，两旁是被砍削过一般的山崖，总体而言走起来并不算太困难。

同大峡谷一样，小峡谷也是斗折蛇形，羊肠九曲。在这里又走了半个钟头后，我们来到了一片极其开阔的滩地中，毫无疑问它就是传说中的内蒙古大戈壁。这里布满大大小小的砾石，长着不算稀也不算密的蒿草，开着零零星星的野花。

我没有学过地理，但根据最远处的山峦的大小判断，这片开阔地起码有好几个简泉农场那么大。能看出来，连王老师也是第一次来到这里，连他也没有想到在崎岖险峻的贺兰山中居然有如此平坦开阔的地方。

走了半天，我们本打算休息一下，但不知疲倦的母骆驼却继续往前走着。望着它渐行渐远的身影，我们生怕同它走失，不得不忍着疲惫继续跟了上去。

在这里，我们见到了一些陌生的野花、野草和灌木，王老师也好奇地打量着它们。在大大小小的峡谷中时，阳光被两旁的山崖遮挡住，我们还感觉不到暴晒。但在这里，正午的阳光无情地炙烤着我们，在地上投下我们歪斜的影子。幸亏我们在峡谷中往肚子里灌过几次水，才没有变得蔫头耷脑。

走了这么远的路，消耗了这么多的体力，我们早就腹如钟鸣。桑红东的口袋里装了半盒饼干，他给我们每人分了一片，这多少令我们的胃好受些。而识得很多植物的王老师发现了几株沙葱和野韭菜，没过多久他又发现了几株香泡子。它们都是直接能吃的野生植物，帮了我们的大忙。沙葱和野韭菜有些辣，还有些烧心，但香泡子很好吃，把黄褐色的牛皮纸一般的外皮剥掉后，里面的橙黄的果子有一股淡淡的甜味。

因为不知道还要走多远，我们没有把香泡子都吃完，在兜里装了几个，还塞了一大把沙葱。

我们不清楚母骆驼究竟要到什么地方，难道说于师傅上一次把它带到了这里？这里居住着会给骆驼治病的兽医？我们手搭凉棚，极目远眺，可并没有发现任何人家和房舍，也没有看到牛羊和蒙古包，这里就像是一个从未有人涉足过的地方。

越来越毒辣的阳光晒得我们汗流浃背，王老师后悔没有稍微做些准备——戴顶帽子，带个"水鳖子"，再带些干粮来。而桑红东后悔没有将望远镜带来，用它可以观察附近是否有牧民居住，假如有的话就能够前去讨些水喝，讨些东西吃。不过，仔细想来，当时时间紧迫，如果我们再回去准备这些东西的话肯定就追不上母骆驼了，也就不知道它的行踪了。

我苦苦渴盼着母骆驼能够停下来，其他同学也抱着同样的期盼。我们垂头丧气，脸上和额头上布满了汗珠，步伐越来越沉重。

响午时分，就在我们精疲力竭之际，母骆驼总算停了下来，它驻足在一块黑黢黢的大石头旁。这块石头有两米多长、一米多宽，在荒凉空旷的滩地上多少有些突兀，不过平心而论，它并不容易被发现。它的四周长着各种各样的蒿草和零零星星的野花，它几乎被淹没在其中。我猜就算是在草木凋零的秋天和冬天，它多半也很难被看到，一则是因为这片荒地实在是太大了，二则是秋天的枯草和冬天的落雪仍能够很好地掩盖它。我不明白母骆驼为什么要停在此处，也许它同我们一样，终于渴了累了，再也走不动路了。

我们几个全都一屁股坐在地上，也顾不得被一块块砾石烫到。王老师并没有同我们一道坐下来歇息，他来到那块黝黑的大石头旁，蹲下身来打量着它。之前他告诉我们贺兰山主要是由花岗岩、沉积岩、质岩、砂石等岩石构成的，也许他又发现了新的岩石类型。

我们还未来得及喘口气，猝不及防的，母骆驼突然发出了撕心裂肺般的哀嚎。它低着头，用宽阔的口鼻在地上摩擦着，似乎在嗅探着什么，接着便像家鹅一样高高地仰起脑袋不停地叫。在这个空寂无人的地方,它凄厉的声音传出了很远,我们脚下的山地和地上的碎石仿佛都在微微颤动着。

母骆驼的叫声是那么凄厉,小骆驼被于师傅卖掉的那晚它就是如此哀嚎的。我不明白母骆驼为什么又这般叫起来,也许它在又渴又累之际再度想起了自己的孩子。

我们都站起身来,不知道应该如何安慰伤心欲绝的母骆驼,如何叫它停止哀嚎。王老师也站起身来,他紧紧盯着母骆驼,打量着它的一举一动,就像是在打量什么珍禽异兽似的。

母骆驼好不容易才停止了哀嚎,王老师又绕着大石头低头搜寻着什么。让我们颇感震惊的是,他居然捡到了半截烟头。我们都很纳闷,有谁会到这个荒无人烟的地方呢?看样子他坐在大石头上边歇息边抽了一支烟。

"王老师,好像有人来过这里啊。"桑红东说。

王老师点了点头。

"是谁呀?是居住在这个戈壁滩上的牧民吗?"桑红东又问。

"是于师傅。"

"于师傅?"我们都以为自己听错了。

王老师摊开手掌,上面躺着半截烟头,他说道:"于师傅最常抽的就是塞外牌烟,这个烟头就是塞外牌的烟头,多半就是他留下来的。"

桑红东又问:"于师傅咋会来这里?"

母骆驼又开始高一声低一声地哀嚎。王老师并没有直接回答桑红东的问题,他望了望母骆驼,冷不丁地问我们:"你们知道成吉思汗吗?"

我们都点点头。

王老师说:"历史上的许多皇帝都修建了高大而豪华的陵墓。这些陵墓虽然很气派,但是也很显眼,容易被盗墓贼光顾。不过成吉思汗的陵墓一直没有被发现。传说他死后被下葬在某个开阔的地方,葬完之后没在地表留下任何封土堆、建筑物和标识物,而且让成千上万匹马在地表不停地奔跑,把下葬的痕迹完全抹去。过不了多久,那里便重新长满草木,同周围浑然一体,因此很难有人知道他的下葬之地究竟在何处。在成吉思汗之后,元朝的历代皇帝及王公贵族们沿用了这种秘葬的方式,以防止陵寝被偷盗。据说直到近代，还有蒙古的王爷和贵族用这种法子来下葬。"

我们都是头一次听说这件事情，都感到新奇而有趣。桑红东想了想问："那他们的子孙要是想去祭拜该怎么办啊？"

我和叶伟点点头，我们也有相同的疑问，每年的清明节我们都会在父母的带领下去给祖辈扫墓。

王老师说："他们的陵墓并非在下葬之后就再也不为人知了，有极少数的守陵人仍然能够找到陵墓的准确位置。你们知道守陵人是用什么法子找到陵墓的吗？"

桑红东说："是不是陵墓的地表有什么特殊的标识物啊？比如说一块石碑，或者一棵大树，又或者一堆石头。"

王老师摇了摇头："我刚才说了，地表被万马踏平，不会留下任何标识物，也不会种树。你们想想，在空空荡荡的戈壁滩或者一马平川的草原上，突兀地出现一棵树或者一堆石头、一块石碑，自然会引起人的怀疑。守陵人能够凭借它们找到陵墓，盗墓贼自然也能够通过它们找到陵墓。"

## 贺兰山上的星星

听王老师说面前的这块黑黢黢的大石头是从天上掉下来的陨石，我们都难以置信地打量着它，并且伸出手来小心翼翼地抚摩它。

HELAN SHAN SHANG
DE XINGXING

这下我们都犯难了，一个个挠着头，想不出守陵人到底是用什么法子发现被埋在大草原和大戈壁下的陵墓的。难道他有火眼金睛或者什么非同寻常的本领？

王老师终于为我们揭开谜底，他说道："传说在成吉思汗和其他蒙古王公贵族下葬之后，人们会牵来一只母骆驼和一只小骆驼，并且当着母骆驼的面将小骆驼在陵墓前宰杀掉。母骆驼的记忆力是相当惊人的，茫茫沙漠中的水源地，只要它们去过一次就会终身牢记，就能够在下回顺利地找到。母骆驼目睹了小骆驼被杀害于此，会永远记得这个伤心地，只要它获得了自由就会时常来到这里悲鸣不止。因此守陵人若想到墓前祭拜，只要将母骆驼放开，任由它自由行动，悄悄地跟在它的身后就能够到达准确的地点。当然，骆驼的寿命是有限的，它们一般也就能活个三十年左右。当母骆驼渐渐衰老，再也走不了远路时，守陵人就会如法炮制，重新牵一对骆驼母子过去，并且当着新的母骆驼的面将它的孩子杀掉。如此一来守陵人和守陵人的后代就能够始终掌握陵墓的位置，年年前去祭拜。这种寻陵的法子虽然既保密又可靠，却是非常残忍和不人道的，后来随着社会的发展和文明的进步，沿袭它的人就越来越少了。"

听王老师讲完后，我们情不自禁地望了望身旁的母骆驼，而后又望了望一马平川的开阔地，我们突然猜出了什么。

桑红东有些结巴地问："难道说……难道说这里有蒙古贵族的陵墓？难道说于师傅是守陵人？难道说这里就是陵墓的所在地？小骆驼在这里被宰掉了，那只老骆驼呢，它也被宰掉了吗？"

桑红东问出了我们心中的困惑与震惊。我的脑袋有些昏沉，还有些嗡嗡作响，就像是被塞进了好几只蜜蜂。

王老师点点头回答道："利用骆驼来寻找成吉思汗陵墓的事情我只在史料上看到过。今天早上看到母骆驼独自往贺兰山的方向走，再联想到小骆驼不见踪影的事情，我突然想起了书中记载的母驼寻陵的传说。抱着试试看的想法，我就带你们跟踪母骆驼，打算一探究竟。看见母骆驼在这里哭泣，又发现地上同一牌子的烟头，我基本上能够肯定利用骆驼寻找陵墓的传说是真的，也基本上能够肯定于师傅知道这个传说。他之所以在学校里养了三只骆驼，正是为了让它们带他来这里。他养的那只老骆驼知道这里的准确位置，能够带着他穿过峡谷，并在这一大片望不到边的荒地中觅到正确的位置。后来见老骆驼活不了多久了，他便又养了一对骆驼母子，待小骆驼长到一两岁，已经同母骆驼有了深厚的感情后，他便在老骆驼的带领下将母骆驼母子带到这里，然后当着母骆驼的面将小骆驼处理掉，只带母骆驼回去。从此以后，母骆驼就会牢牢记得这个让它伤心的地方，一次次地把于师傅带过来。当然，那只老骆驼多半也被于师傅一并处理掉了，因为他留着它已经没啥用了。"

听到这里，桑红东突然想起来什么，他说道："于师傅跟我妈沾点亲，他最早就在贺兰山西边的内蒙古讨生活。后来他来投奔我妈，我妈看他一个人无依无靠，又念在他是远房亲戚的份上，让我爸安排他在学校食堂里做饭。于师傅从内蒙古来的时候就带着那只老骆驼，并且央求我爸让他在学校院子里养。我爸一开始不同意，毕竟学校是教书育人的地方，不是饲养场。于师傅又求我妈，说这只骆驼是他从小养大的，跟他有感情。我妈经不住他三番五次地哀求，就给我爸做工作，我爸总算是勉强同意了。于师傅后来又养了一大一小两只骆驼，我们都以为他是在内蒙古待久了，喜欢骆驼才饲养它们，没想到其中还有这么大的秘密。"

王老师点了点头。于师傅从内蒙古而来这件事更加印证了他的推断，毕竟一个长期在内蒙古生活过的人是很有可能知道骆驼寻陵的传说的。

听说小骆驼在此夭折，再忆起它毛茸茸的脑袋、长长的睫毛和能够映出人影的大眼睛来，我的心里格外难受。我低头在大石头旁寻找血渍，但是没有丝毫发现，也许前两天淅淅沥沥的小雨已经将它们冲洗干净了。

桑红东端详着大石头又问："王老师，这么说这里就是蒙古贵族陵墓的所在地？可是你不是说他们的陵墓之上不能有石碑，也不能有树和石头，以免引起别人的注意和怀疑吗？可这里为什么有一块大石头？"

王老师的回答出乎我们意料，他说："这里并没有什么陵墓。"

我们都蒙了，一个个面面相觑，还是桑红东问：

"这里没有陵墓的话，于师傅为啥要煞费苦心地养骆驼？他不是守陵人吗？"

王老师神秘兮兮地笑了，说："这里虽然没有陵墓，但是有别的宝贝啊！于师傅虽然不是守陵人，但他可以是守宝人啊！"

"别的宝贝？啥宝贝？"桑红东一边替我们问，一边东张西望。

"宝贝远在天边，近在眼前。"王老师望着我们，顽皮地眨了眨眼睛。

好半天我们才反应过来，桑红东的目光最终落到了那块大石头上，难以置信地问："宝贝就是这块石头？"

我们几个弯下身来，开始郑重其事地打量这块其貌不扬的石头，而且还伸出手来摸了摸。它同别的石头一样，被太阳晒得发烫，似乎并没有什么特别之处，并不是我们在电视中看到过的宝石和夜明珠。

"这块石头是啥宝贝啊？"桑红东不解地问。

王老师回答："它不是普通的石头，是陨石！"

"陨石？"我记得自己在哪本书上看到过陨石，可是书上介绍的都是仅有巴掌大的陨石，眼前如此大的一块石头怎么会是陨石呢？

王老师似乎看出了我的疑问，他对我们几个说："陨石就是从外太空飞入地球大气层的石头，因为在进入大气层时会与空气产生摩擦而剧烈燃烧，通常情况下落到地上的陨石个头都不大。不过，地球上也有一些大块头的陨石，这主要是因为它们的个头本来就很大，即便在进入大气层时被烧掉了大半，仍有相当大的一块留存下来。非洲的纳米比亚有一块陨石，它足足有66吨重，是地球上已知的最大的陨石。世界第二大陨石是在阿根廷赛多发现的陨石，有30多吨重。而世界第三大陨石就在我国的新疆，它是在阿勒泰草原上被发现的，重约30吨，当地的牧民把它称之为'银骆驼'。"

听说面前的这块黑黢黢的大石头是从天上掉下来的陨石，我们都难以置信地打量着它，并且伸出手来小心翼翼地抚摸它。

叶伟问："王老师，这块大石头真的是陨石吗？陨石一定很值钱吧？"

王老师回答："刚发现它的时候我就留意到它有些不寻常。它的颜色比较深，外壳也同其他石头的外壳不一样，就像被大火烧过一样。再加上母骆驼停在它跟前哭泣，我基本上能够断定它不是稀松平常的石头，就是从天上掉下来的陨石。陨石当然是既值钱又珍贵的东西，一是因为它们的数量稀少，大部分进入地球大气层的陨石不是因为空气摩擦烧没了，就是坠入了大海里和深山老林里，能够被发现和捡到的少之又少；第二是因为陨石具有很高的科研价值。陨石往往是在地球形成之初甚至是地球形成之前就存在的。它们一直飘荡在太空中，没有遭到任何破坏。通过分析它们的成分，可以很好地了解地球在太阳系的演化过程。有的陨石甚至比黄金更宝贵，它们真正是天外来客和无价之宝。"

听王老师这么说，我们都惊叹地叫起来，并且再一次认真地打量黑石头，再一次轻轻地抚摸它。

田忠忽然想起来什么，问道："王老师，这块陨石有新疆的那块陨石大吗？"

王老师说："我粗略算了一下，从长度和宽度上来看，它应该比新疆的那块'银骆驼'轻一些。即便如此，它也算得上是罕见的大个头陨石，在全世界的陨石里起码能排进前二十名。"

桑红东又问:"新疆的那块陨石为什么被叫作'银骆驼'?是因为它长得像骆驼并且浑身闪着银光吗?"

王老师答道:"牧民们之所以把那块陨石称为'银骆驼',我猜一方面是因为它的个头比较大,远远看上去就像是卧在地上的骆驼,另一方面是因为它的内部同银子一样亮。"

"内部同银子一样亮?"桑红东不解地问。

王老师点点头,然后问我们:"你们有谁带了吸铁石吗?"

场部中心小学里常有学生带着块碎吸铁石玩,它们大都是从报废的收音机喇叭里拆下来的。桑红东的口袋里恰好有一小块,他将它交给王老师。

王老师接过吸铁石后,将它轻轻靠近大石头,只听啪的一声脆响,它居然被吸在了上面。

这番情形令我们都惊呆了,我们个个张着嘴巴,难以相信自己看到的一切。桑红东问:"王老师,吸铁石不是只能吸到铁上吗?它咋吸到了这块大陨石上了?"

王老师的眼里亮晶晶的,他笑着对我们说:"因为这块陨石就是块铁陨石啊!"

"铁陨石?"

王老师继续为我们讲解相关的知识:"陨石不止一种,它们分为石陨石、石铁陨石和铁陨石三种。石陨石也就是石头陨石,它的数量最多,能占到全部陨石的95%以上。石铁陨石就是由岩石和铁、镍以及硅、酸、盐矿物共同构成的陨石。而铁陨石则是主要由铁和镍构成的陨石,它含有90%的铁,正因为如此,它有很强的磁性,它实际上就是来自天外的一块铁啊!把它切开后能看到像银子一样闪闪发亮的陨铁。新疆的那块陨石也是块铁陨石,千百年来它曾被牧民用刀和锯切割过,牧民们见里面银光闪闪,就把它叫作'银骆驼'了。石铁陨石和铁陨石的数量少,是最为珍贵的陨石。我真没想到这块陨石也是铁陨石!"

王老师显得很激动,他的双眼里一直闪着星星一般的光亮。

我们也格外高兴,没想到自己能亲眼见到陨石,而且还是如此巨大、如此珍贵的铁陨石。

桑红东问:"王老师,那这块陨石也应该算是

'银骆驼'吧?"

王老师点点头:"对,它是贺兰山的'银骆驼',它是落在贺兰山的星星——陨石在坠落地球大气层之前都是飘浮在太空中的星星啊!对了,我们不能用'银骆驼'这个名字来称呼这块陨石,毕竟这个名字早已经有所归属。我们应该给这块陨石新取个名字。"

我们抱着脑袋苦思冥想起来。

"叫'大黑牛'。"桑红东说。

"'大黑牛'不如'黑旋风'好听。"田忠说。

"它看上去不像是团旋风,倒像是块精炭,不如叫它'大精炭'吧!"叶伟建议。

这些名字都不如"银骆驼"好听而形象,我们起码得给眼前的这块铁陨石取个同"银骆驼"旗鼓相当的名字才行。

王老师认真地想了想后说:"这块罕见的铁陨石是落在贺兰山中的。'贺兰'是蒙古语,意为骏马,我们干脆就把这块陨石叫作'黑骏马'吧!"

我们都觉得这个名字很好,它既体现了铁陨石个头巨大、犹若骏马卧于地上的特征,又能体现它的地域特点。我们情不自禁地抚摸着"黑骏马",愈发觉得它像一匹英姿勃勃、卧地休息的骏马。

王老师也感慨万千:"这一趟真是不虚此行啊!我们竟然发现了如此巨大的铁陨石。贺兰山真是座宝山啊!它不仅有煤炭、石膏和云母,还有世间少有的陨石。它就像是星星的故乡,就连世间少有的陨石也选择坠于此处,在此安歇。"

桑红东说:"这下我明白了,看来于师傅养骆驼正是为了让骆驼帮他找这块陨石。这里是一马平川的大荒滩,既没有树木也没有房屋,就算来过十来八回,下一回还是不容易找见陨石,而于师傅肯定不想让别人知道陨石的存在,他就用蒙古族人找陵墓的法子让骆驼来带路。"

王老师说:"正是这么回事。于师傅知道这块石头是宝贝,年年都要来查看一下,看它是否安好如初。"

又将"黑骏马"抚摸了一会儿后,我们几个七嘴八舌地说:"王老师,这块陨石怎么能搬回去啊?"

"是啊,我估摸就算是十个大人也抬不动它啊!"

"我们可以用'东方红'(东方红牌推土机)来拉它。"

"不行,不行!'东方红'根本没法子从峡谷过来!"

看样子将这块沉甸甸的陨石搬回农场并不是件容易的事情。就在我们茫然无措时,王老师说:"我们不用把陨石搬回去。"

我们眨巴着眼睛望着他,不明白他的意思。

王老师说:"几十吨重的陨石的确不好搬运,况且中间还隔着又高又险的贺兰山。既然没法搬运,还不如让它留在原地,毕竟这里是它的坠落之地,让它留在这里其实更有意义。据我所知,非洲纳米比亚的那块大陨石就被留在了原地,当地人以它为中心修建了一个陨石公园,让人们到那里参观。新疆的'银骆驼'也因为运输不便,暂时留在原地。我们以后也可以在这里建一个陨石公园,外地的游客们一路上可以先观赏贺兰山大峡谷,到了这里后再观看珍贵的铁陨石。对了,他们还可以住下来看天上的星星。有些地方虽然经济发达,但因为工厂太多,污染太重,天上的星星见不着几颗了。这里没有人烟,也没有任何污染，不仅星星多如牛毛，就连银河也格外清晰。好多人认为天上的星星既不能吃又不能喝，实际上它们是非常宝贵的资源呢！"

王老师的这番描述让我们都充满向往。桑红东说："要是真的能建座陨石公园，真的有人来参观，那我们可以卖门票，农场里的人也就有更多收入了。"

王老师点点头："肯定会有这么一天的。"

母骆驼又叫了起来，我们不得不先牵着它回家。知道了它是能带我们找见铁陨石的"向导"后，我们对它格外关心，沿路拔来蒿草喂给它。桑红东建议在"黑骏马"跟前堆个小石墩做记号，以便我们下回寻找，但王老师却说："我们暂时还是保持原状。要是'黑骏马'被其他人发现了，说不定他们当中某些心术不正的人会来切割它，甚至砸坏它的。铁陨石的完整性一旦遭到破坏，它的外观和价值就会大打折扣。对了，发现铁陨石这件事你们先不要到处声张，我们先去于师傅那里打听一下铁陨石的来历，然后再汇报给场里。"

我们都郑重其事地点了点头。

母骆驼不愿意离去，一路上不停地回头张望，并且不停地哀嚎。走出去很远之后，它才渐渐忘却了悲伤，带领我们一路找到来时的小峡谷。又渴又累的我们像青蛙一样趴在泉水边咕咚咕咚喝了个痛快，母骆驼也喝了很多水。

暮色沉沉之际，我们才走出大峡谷，回到了场部中心小学。于师傅仍在场部医院里输液，晚饭仍旧是场部的阿姨帮忙做的，幸亏同宿舍的周学东和郭祥见我们迟迟未归，帮忙用我们的饭盒打了几份面，我们才不至于饿肚子。面条早已经坨住了，但饥肠辘辘的我们还是风卷残云。

吃完面后，我们的身上总算又有了些力气。我和叶伟、田忠、王瑞明和桑红东来到骆驼圈前，为孤零零的母骆驼添了些草料和水。望着它在昏暗中忽闪着的大眼睛，我真心为它感到难过。

李建国、周学东和郭祥一再打听我们同母骆驼去了哪里，我们牢记着王老师的叮嘱，支支吾吾地应付着，没有告诉他们铁陨石的事情。

夜里，迷迷糊糊中，我似乎又听见母骆驼的哀嚎，声音低沉、荒凉而有穿透力。叶伟、田忠和桑红东也听见了骆驼的叫声,我听到他们翻了个身,并且咕哝了几句。可怜的骆驼妈妈,它一定又在想念小骆驼了。我打算叫上叶伟到圈舍跟前看一下母骆驼,多少给它些安慰,但一想到明天要期末考试,还是放弃了这个念头。我用被子蒙住脑袋,在母骆驼断断续续的、越来越低的哀嚎声中进入了梦乡。

第二天上午头一堂课考语文,第二堂课考数学。考完试后,我、桑红东、叶伟、田忠和王瑞明便在王老师的带领下到场部医院向于师傅打听铁陨石的事情。

"于师傅,你上回和三只骆驼并不是去了汪家庄,而是去了贺兰山西边的内蒙古大戈壁吧?"王老师开门见山地问。

于师傅明显有些惊愕和慌乱,他矢口否认:"没有,我没去过什么大戈壁。"

见此情形,桑红东把王老师在铁陨石下捡到的那半截烟头拿出来说:"这个烟头是你留下的吧?你住院的时候母骆驼跑了出去,我们跟着它穿过贺兰山峡谷,一路走到了内蒙古大戈壁中。母骆驼在一块大石头前停了下来，那块大石头不是普通的石头，它是天上掉下来的陨石。"

听桑红东这么说，于师傅知道自己隐瞒不了了，他只好叹了口气说道："既然你们已经到了那里，见着了那块'神石头'，我就实话实说吧。来农场之前，我在贺兰山西边的内蒙古戈壁滩上帮人放羊。我的主家是一对六十多岁的老夫妇，他们无儿无女，靠一百多只羊和几只骆驼为生。我放了几年羊后，他们见我干活踏实，慢慢也就把我当做家里人了。戈壁滩上风大，有一回我染上了头疼病，他们就告诉我说大戈壁滩里有一块从天上掉下来的'神石头'，有啥病都可以到'神石头'跟前祭拜。他们年轻的时候专门给戈壁滩上的王爷养骆驼，因而知道这件事情。后来王爷死了，他们就独守了这个秘密。老夫妇死后，羊被他们的亲戚赶走了，我就来到了农场谋生计。不过我把那只知道'神石头'下落的骆驼买下并且带了过来，只有跟着它才能找见'神石头'。过去的人迷信，才相信'神石头'能够消病去灾。我知道人生了病得打针吃药，拜神求仙是不管用的，但我想这块大石头既然是从天上掉下来的，起码也算是个宝呢。不管如何，我得看护好它，而且我还得找个接班的骆驼，以后继续带着我查看它是否完好如初。"

一切终于真相大白，一切也正如王老师所猜。王老师点了点头说："多数陨石会落在荒无人烟的地方。我查了资料，宋代秦观的《陨星石》就描述了陨石坠落于山丘中的情形——'萧然古丘上，有石传陨星。胡为霄汉间，坠地成此精。'看起来这块陨石落在戈壁滩上也有些年头了，像它这么大个头的陨石当初进入大气层时肯定会产生强烈的亮光和长长的尾焰，坠落之际多半被人看见，并报告给了当地的王爷，因而王爷知道它是自天而降的神奇石头。陨石的个头太大，王爷自然没法子将它搬回去，他只能到陨石前祭拜。陨石其实并不是什么神石头，不能治病疗伤，但因为它是自天而降的石头，王爷想当然地认为它有这样的魔力，其他人也因为心理作用觉得它能给人治病。为了避免陨石被人发现，也为了能世代独享陨石，王爷采用了旧时的骆驼寻陵的法子来守护秘密。这个秘密多半被传了好几百年的时间，一直传到了现在。"

王老师的分析和还原无懈可击，于师傅不时地点着头。这时,桑红东突然问道:"于师傅,您真的把小骆驼和老骆驼都杀了吗?"

于师傅摆了摆手,说:"我并没有把小骆驼和老骆驼都杀掉。骆驼是通人性的动物,我不会随便害它们的性命。老骆驼带着母骆驼、小骆驼和我到'神石头'跟前后,我在地上打了两根短桩,把小骆驼和老骆驼暂时拴在那里,然后牵着母骆驼往回走。将母骆驼牵到一条小峡谷中后,我用随身携带的钢筋打下了另一个桩,把它拴在上面,然后匆匆往戈壁滩里返。因为有老骆驼和小骆驼当标识物,我能够顺利地找回去。我把老骆驼和小骆驼牵进另一条小峡谷,把它们拴在那里,然后我又回到最初的那条小峡谷里,把母骆驼牵回了学校。一番折腾,我回到学校已经天黑了。第二天我又到峡谷里把小骆驼和老骆驼牵出来,把它们卖给了汪家庄的人。母骆驼不知道后来发生的事情,它以为自己和小骆驼是在'神石头'处分别的,因而牢牢记住了那个地方。其实,让母骆驼记住陵墓或者宝物的所在地不一定非得杀死小骆驼,在那个地方把它牵走或者把小骆驼牵走也能起到一样的作用。只不过古时候的王爷为了万无一失,要加深母骆驼的记忆，才将小骆驼杀掉，反正他们手里有的是骆驼。"

听说小骆驼和老骆驼没有被杀掉，我们这才放下心来。接下来王老师又给于师傅讲解了陨石的知识，并且告诉他以后在铁陨石那里修建陨石公园的想法。于师傅显然不大情愿让别人知道铁陨石的存在，更不愿意让各地的人都参观它，但事已至此，他也没有办法。

王老师和桑红东把发现"黑骏马"的事情告诉了桑场长。听说贺兰山西边的大戈壁上有天上掉下来的铁陨石，桑场长也很惊奇，他说道："我早就知道咱们这个地方不简单，它看上去其貌不扬，实际上却是个藏龙卧虎的宝地呢！"

对于王老师提出的将来修建陨石公园的建议，桑场长也饶有兴致。他说："这是一个很超前的想法呢！的确，农场要振兴，不能单纯依靠农业种植，充分发挥地质地貌和自然资源的优势发展旅游业也是个好法子。农场眼下暂时没有修建公园、开发旅游业的能力，而且还要进行土地等方面的协调，但我相信它迟早会被建起来的，也迟早会造福一方百姓的，到时候你和你的学生也算是功臣呢!"

听桑红东说因为"黑骏马"的事情,桑场长对王老师的态度似乎有所好转。桑场长还专门起草了一份文件,划拨了一小笔经费,让于师傅养好骆驼,每年定期和王老师去查看铁陨石,防止它被人偷盗或破坏。于师傅乐得合不拢嘴,有了这笔经费,他就再也不用为骆驼的草料而发愁了,更不必在三更半夜偷玉米棒子了。因为这件事,于师傅对王老师也充满钦佩与感激。

[第十章]

# 科学带来的奇迹

期末考试虽然已经结束了，但学校要在各科老师批完卷子公布成绩后才给我们正式放假，这几天我们可以自由活动，放松放松。

就在这两天，我们第四生产队的大场上发生了一起安全事故。阳光炽烈、暑气蒸人，生产队里和我同龄的于东帮父母翻晒小麦时忍不住到扬场机前吹凉风，谁承想原本被几块大石头牢牢压住的扬场机由于转动得过于剧烈，像直升机一样挣脱了束缚，径直向前奔来。正掀着汗衫吹得不亦乐乎的于东躲避不及，被扬场机的巨大扇叶打断了三根手指头。于东的父母用拖拉机把他和那三根断指送到了临近城市的医院里，但那里的医院没有做接指手术的能力，便又用救护车将他们转运到省城的大医院。可惜的是，由于时间过长，那几根断指已经坏死了，没法再接上。

生产队里的大人们为于东的遭遇感到惋惜，无论如何也不让自己的娃娃再靠近扬场机。与此同时，他们又忆起了之前出现在天上的哈雷彗星，把于东的不幸归咎于它，说它是灾星，说它一出现地上的人就保准有灾祸。通过王老师，我们早就知道彗星给人带来灾祸的说法纯属无稽之谈，但我们也为于东的遭遇而难过。

王老师听说这件事情后，专门找到了我，让我带他到大场上看看扬场机。于是，一天下午放学之后，我和叶伟骑上各自的二八大杠自行车，带着王老师来到了铺满小麦的大场上。王老师绕着疾速飞转、轰隆作响的扬场机转了好几圈，又在一台暂时停转的扬场机前琢磨了好久。最后他冲着我和叶伟点点头说："我有办法解决扬场机伤人的问题。扬场机其实就是一台大功率的电风扇，普通的家用电风扇都有防止伤人的防护罩，只要给扬场机安装一个更为密实的防护罩就行。现在正是扬场机最为繁忙、利用率最高的时候，等夏收结束后，我会出一个设计图，并让电焊铺里的人照着图焊几个配套的防护罩。扬场机的移动问题其实也很好解决，由于功率大、转速快，它肯定会震动，一震动就会渐渐将压在它底部的大石头甩开，四处乱跑。要想将它牢牢固定在原地，不能靠石头，得靠专门的机械锁住装置，这种机械锁住装置不仅要有用来压重和配重的铸铁块，还要有锁杆组件、插销组件和安全钮、固定钮，它们相互连接、插入和嵌套，就能够将扬场机牢牢地锁在原地，叫它寸步难行，再也无法伤人。"

我和叶伟的眼睛都亮了起来，我们没想到王老师对机械也很在行，他可真是一个博学多才的人。

王老师想了想又对我们说："我刚刚看到生产队的人一锹一锹地扬起麦粒来去除其中的杂质，这种人工扬场的方法效率很低，而且很耗人，我决定利用暑假好好琢磨琢磨，争取能发明一台自动扬场的机器。它将利用空气动力学的原理，根据麦粒和麦糠、麦秸、麦穗的比重不同以及在风中的悬浮速度的不同，利用直线抛出、综合送风、连续送风等送风技术让它们相互分离。这种机器可以叫作自动扬场机，也可以叫作风选机。它不用人去扬麦和掠麦，会以精准的角度和力度将掺有杂质的麦粒抛入空中，并且借助精准控制的气流对麦粒和杂质进行筛选与分离。我的头脑中已经有了大致的想法，当然要将它真正制造出来还需要进行反复实验才行。"

我和叶伟更加激动了。我们都是农家子弟，深知扬麦和掠麦的辛苦，王老师如果真的能发明出自动扬场机，可真是帮了简泉农场里的所有农工的大忙了——他们再也不必在炎炎烈日下挥汗如雨，一锨一锨地扬起麦粒，直至它们入囤归仓。我和叶伟激动难抑，头脑里努力想象着自动扬场机的模样，心中充满了对王老师的崇拜和敬意。我们都盼望着这台神奇的机器能够被早日制造出来。

回去后，王老师开始废寝忘食地琢磨和研究。大约一个星期后，他真的造出了一台带有防护罩和机械锁住装置的扬场机。他和铸造厂的人一起将它拉到了大场上。这台酷似大风扇的扬场机被固定好并通上电后，我们都到跟前围观。一连转了大半个小时，它始终稳稳当当的，没有向前挪动半步。另外，它果真伤不了人，有了细密而结实的防护罩的保护，就算人靠到跟前也没事，生产队里几个胆大的人把后背靠在扬场机上吹凉风，居然毫发无伤。

我们几个也围在跟前，王老师说："自动扬场机暂时还造不出来，我先和铸造厂的师傅造了台伤不了人的扬场机,让大家放心把场扬完,把粮食归仓。"

我们点点头,我相信自动扬场机用不了多久就会问世的。几个大人蹲在这台扬场机前,向铸造厂的师傅打听机械锁住装置的结构,最后还是王老师比画着给他们进行了讲解。有了这台安全性奇佳的扬场机后,无论大人还是小孩,再也不用担心会被伤到了。

都说祸不单行,就在于东受伤后不久,农场中居然又发生了一件险之又险的事情。和我朝夕相处的周学东、田忠、桑红东和郭祥在贺兰山脚下的涝坝里凫水玩时险遭不测,幸亏被救得还算及时,捡了条命回来。

田忠、王瑞明、李建国、周学东和郭祥几人相约着到场部中心小学玩耍,他们恰巧遇到了桑红东。不知是谁最先提议,他们决定再到贺兰山西边的内蒙古大戈壁上看看那块珍贵的铁陨石。于师傅恰巧不在,他们偷偷把母骆驼放出圈舍,打算趁此机会让母骆驼带路。母骆驼果然还在惦记小骆驼,它情不自禁地向贺兰山走去,桑红东他们几个紧紧跟在后面。

刚开始一切都很顺利,然而当他们跟着母骆驼穿过贺兰山大峡谷和小峡谷,来到贺兰山后的内蒙古大戈壁时，母骆驼不知为什么突然停了下来，说啥也不肯朝前挪动半步。桑红东他们几人连哄带骗，连推带搡，但母骆驼就是不挪窝。就在他们几个满头大汗、不知所措的时候，母骆驼突然拔腿往回跑。他们急忙去追，可平日里慢慢吞吞的母骆驼那日却昂首阔步，跑得飞快，很快就没了踪影。

没有母骆驼带路，他们只能悻悻而返。追骆驼追得急，他们又累又渴，把随身携带的馍馍都吃光了。王瑞明和李建国的体力稍好一些，不知不觉间便走到了前面，桑红东、田忠、周学东和郭祥四个人落在了后面。

口渴难耐的桑红东偶然间发现了一簇长在崖壁下的低矮灌木，灌木上结着一串串如同玛瑙一般红艳艳的小果子，它们看上去水灵灵的，格外诱人。

于是桑红东停下脚步，指着红果灌木说："这些小红果肯定既能解渴又能解饿。"

农场里没有这种植物，田忠、周学东和郭祥也是第一次见到它们，他们拿不准主意，不知道这些小红果能不能吃。

桑红东实在难敌小红果的诱惑，他说道："上一次我们跟着王老师来时就吃过戈壁滩上的野沙葱、野韭菜和香泡子，它们都是野生的，我们吃了也没啥事，这种果子肯定也能吃，说不定它们比鲜枸杞都好吃呢！"

听桑红东这么说，田忠、周学东和郭祥也就放下心来，各自摘了些小红果塞进嘴里。正如桑红东所言，它们酸酸甜甜的，很是可口。于是，几个人把灌木上的小红果吃了个精光，还采了一些放在口袋里，想给王瑞明和李建国吃。

将小红果吃进肚里半个钟头后，桑红东、田忠、周学东和郭祥就感到微微有些头晕，身上也莫名其妙地发痒，就像是在烈日炎炎的麦田里割了一整天麦子，惹上了一身细小的麦芒。

走到大峡谷中后，他们的身上越来越痒，开始感到恶心，想吐却吐不出来。走出大峡谷，蓄满水的涝坝近在咫尺，满身热汗的几人纷纷跑过去像鱼儿一般跳了进去，好让清凉的山泉去除暑热。他们刚泡进泉水里没多久就感觉到天旋地转，像中了煤烟一般，四肢酸软无力，不知不觉间就往下沉。

走在前面的王瑞明和李建国在大峡谷那里停下来

等待他们，等了许久，感到不对劲，连忙返回去找人，才发现他们溺水了。他俩齐心协力，手忙脚乱地把几人捞了上来，并且在他们的前胸上又压又按。谢天谢地四个人都还有意识，但就跟喝醉酒一样迷迷糊糊的。李建国看到岸边散落的红果子，猜他们误食了东西，于是让王瑞明暂时看着他们几人，他飞奔到场部去呼救。李建国还未跑到学校，便遇到了正在采集树叶标本的王老师。王老师询问他究竟出了什么事，李建国上气不接下气地把几人溺水的事情告诉了王老师。

"他们几人怎么可能同时溺水？"王老师大感不解。当听李建国说桑红东、田忠、周学东和郭祥吃了峡谷中红艳艳的小果子时，他大叫一声："不好！那种又好看又酸甜的小红果是盐生白刺果，它和可以食用的白刺果很像，但它是有毒的，误食后能够引起视听幻觉、运动性共济失调、恶心、呕吐和意识混乱等不良反应。"

听王老师这么说后，李建国慌了神，他问道："现在我们该咋办？"

王老师沉着地说："你抓紧时间去场部医院里通

知大夫,让他们尽快往涝坝那里赶。我得争分夺秒给他们四个催吐。盐生白刺果的毒性很强,越早让他们把胃里的盐生白刺果吐掉,他们身体受到的伤害就越少,活下来的可能性就越大。如果耽误得久了,后果就真的不堪设想了。"

王老师跑回自己家中取了一瓶油,匆匆向山脚下的涝坝奔去。来到迷迷糊糊的几人跟前后,王老师让王瑞明帮忙逐一将他们扶起来。他把大拇指伸进几人的嘴里,压住他们的舌根,迫使他们呕吐。他还叫王瑞明将手掌掬成碗状,轻拍几人的后背,以免他们被呛到。

接下来,王老师又让王瑞明协助他往几人的口中灌油。看到王瑞明大惑不解,他解释道:"这是我用生长在学校后面的野蓖麻制作的蓖麻油,蓖麻油有一定的低毒性,但可以医用,在医学上它是一种催吐剂和致泻剂,能够让人呕吐和腹泻,将肠胃里的毒物排出去。"

场部医院的两名大夫也急火火地赶来。为确保万无一失,他们决定把中毒的四人送到十多公里外的条件更好的大武口天津医院去,那是大三线建设时从天津搬来的一座医院,大夫也都是天津的大夫。

为桑红东、叶伟、田忠和郭祥做了进一步的检查和治疗后,天津医院的大夫说:"他们四个暂时没有生命危险了,多亏他们被送来得及时,另外,最重要的是有人及时为他们进行了催吐处理,留在他们胃里的盐生白刺果就不多了,毒物对他们身体的伤害也就少了很多,不然就算他们被抢救过来,多半也会留下智力受损等后遗症。"

桑红东、田忠、叶伟和郭祥总算是有惊无险,所有人都松了一口气。为了避免再出现类似的情况,领成绩通知单的时候,桑校长专门开了一个全校大会,禁止我们再到涝坝里游泳,也禁止我们再私自到贺兰山大峡谷里玩耍。桑校长说:"你们一定要将学校的安全教育牢记在心头,一定要从这几位同学的身上吸取教训,千万不能再爬野山、游野泳、食野果,否则后果将不堪设想啊!"

桑校长还让王老师给我们上了一堂临时的自然课。王老师特地采来了几簇盐生白刺果,把它举在手里说:"同学们,这种野生植物就是盐生白刺果。它虽然长得很好看,但你们千万不能吃它,否则会中毒的。你们不认识的野果和没见过的野果千万不要随便吃。另外，你们一定要将学校的安全教育牢记在心头，从这几位同学的身上吸取教训。"王老师还特地找到我们几个，叮嘱我们不要再随意去参观铁陨石。

有一件事让我们有些喜出望外，那就是母骆驼被于师傅找了回来。原来母骆驼独自跑到了汪家庄，并且最终凭借叫声找到了小骆驼。我们都深感惊奇，不明白它是如何知道小骆驼被卖到了汪家庄的。它同桑红东几人一起到达内蒙古大戈壁中后，也许凭借气味，也许凭借某种第六感，知道了小骆驼并没有死在戈壁滩里，于是丢下他们，跑到了汪家庄。

于师傅后来又将卖出去的小骆驼买了回来，是王老师替他出的这笔钱。王老师本来还打算把老骆驼也一同买回来，可惜的是它因为年迈体衰，已经安静地死在圈舍里了。

生活中有悲伤也有欢欣，有忧愁也有惊喜，九月份开学时，我们从桑红东那里听到了一个好消息：桑场长对王老师的态度似乎有所缓和。他之所以能够有此改变，一个很重要的原因就在于王老师见多识广，因为他的及时救助，桑红东几人才保住了性命，并且

## 贺兰山上的星星

王老师说:"今天我们两人终于结为伉俪,在今后的日子里,我们将比翼双飞,继续为农场的振兴和繁荣尽心尽力。我们决心扎根在此,反哺农场的养育之恩,让农场变得欣欣向荣。"

HELAN SHAN SHANG
DE XINGXING

没有留下任何后遗症。

听到这个消息后我们都很开心,桑红东尤其高兴,王老师有可能成为他的姐夫,拥有这样一位学识丰富的姐夫,他能够学到更多的知识呢。

国庆节前夕,简泉农场的各个生产队里都在秋收。沉甸甸的向日葵像老人一样谦逊地低着头,它们金灿灿的花盘此刻已经变成了灰黑色的、结满瓜子的圆盘。馋嘴的麻雀和田鼠已经先于人对它们进行了"收割",有的向日葵被麻雀啄空了一半,有的向日葵盘已经空空如也。地下是一堆堆的瓜子壳,瓜子壳都是田鼠留下的,它们把新鲜饱满的瓜子啃落到地上后,直接就在那里美滋滋地嗑了起来。田鼠嗑瓜子的技艺比人要高明,人有时候会将瓜子壳磕碎成好几瓣,但田鼠磕剩下的瓜子壳永远都只有两瓣,而且每一瓣都很完整。有时候我会努力想象田鼠在深夜里嗑瓜子的情形,四下里静寂无声,棉絮般的薄雾被夜风驱赶着,慢吞吞地擦过屋舍,飘过空地,来到了种满庄稼的地里,没过多久,它们又被溶溶的月色驱散,田鼠们就在朦朦胧胧的月影中大快朵颐。

除了向日葵外,火把一样的高粱也是麻雀和田鼠的最爱，相形之下，被外皮层层包裹的玉米就幸运得多，毕竟要把这些外皮撕咬开并不是件容易的事情。

学校给我们安排了几堂劳动课，让我们掰玉米。为此桑校长还在全校大会上给我们做了动员讲话，他说道："同学们，学校是教书育人的地方，不仅要教书，而且要育人，要让你们德智体美劳全面发展。现在有一些家长，只重视孩子的学习成绩，却不重视孩子的生活能力和实践能力的培养，更不重视孩子的自立自强精神和坚韧意志的培养。为此，我们场部中心小学一直开设有劳动课，让学生在校园里的玉米地中适当参加劳动。通过劳动，大家不仅可以切身体会到父母的不易，增加家庭责任感和社会责任感，而且可以磨炼自己的意志，提高克服困难的能力。你们要认真细心，不遗漏一个玉米棒子，争取做到颗粒归仓。"

我们这些家在生产队的学生每年秋天都会帮助父母掰玉米，因此干起这些活来并不觉得吃力。但家住场部的学生就显得力不从心了，他们不知道玉米棒子不能硬掰，得用巧劲拧才能拧下来；他们也不知道要随身带一根铁钉，用铁钉划破层层外皮后就可以省时省力地拧下玉米棒子，如果用手一层一层地撕的话，既费劲又费时。

果然，没过多久场部的同学的手掌上就磨出了一个个血泡。见此情形，利用午休的间隙，我们让他们从家里取了些长钉子，并且手把手地教他们如何使用。这下他们掰玉米棒子的效率果然提高了，手掌上也再没有出现新的血泡。

王老师对我们巧借长钉掰玉米棒子的办法给予了很高的评价，他说道："实践出真知！这是真正的劳动人民的智慧啊！"

在我们的共同努力下，所有的玉米棒子终于都被掰完了，接下来我们要给它们脱粒。玉米棒子在操场上晾干之后，按理来说要送到大场上，用那里的脱粒机进行脱粒，但此时大场上堆满了各个生产队收获的玉米棒子，几台脱粒机也被昼夜占用，根本没法子挤出空档来为小片荒地和自留地里的玉米棒子进行脱粒。不得已，桑校长只好为王老师多安排了几节自然课，让我们进行人工脱粒。

我们将晒干的玉米棒子拉到水泥铺成的篮球场上，将它们分成了几堆，然后围坐在跟前从玉米棒子上往下掰玉米粒。这样的活我们这些家在生产队的学生也早就干过,我们知道一定不能直接用大拇指根掰玉米粒,那样掰用不了多久手就会起皮脱皮,磨出血泡。最好的法子就是带双线手套,再拿一把改锥,先用改锥撬下一列玉米粒,其他的就容易往下掰了。我们及时把这个经验告诉王老师和场部的同学,果然让他们节省了很多力气,也避免了手掌被磨破。

尽管如此,人工脱粒的效率还是很低。王老师急我们之所急,竟然发明了一台自行车脱粒机。他找来一辆废旧自行车,在它的中轴上安装了一个电钻夹头,用扳手将其拧紧。之后他把一个脱粒主心管安装在电钻夹头上。脱粒主心管是一根长度和直径同普通玉米棒子相当的铁管,它的一头被切割加工成四个尖角,以便将玉米粒从玉米棒子上划下来。自行车脱粒机非常好用,一个人在一边转动脚蹬,另一个人在另一边将玉米棒子的一端顶住主心管上的尖角。随着主心管开始转动,它和玉米棒子之间产生了足够的摩擦力,轻而易举地就能将玉米粒剥离下来。一端的玉米粒脱完后,将玉米棒子的另一端放进主心管内,很快就能完成全部脱粒工作。相比起我们之前的改锥脱粒法来，自行车脱粒机简直可以用行云流水来形容。王老师告诉我们这台自行车脱粒机每天至少能脱四五百个玉米棒子。果不其然，仅仅用了两天时间，我们掰下来的玉米棒子就被全部脱完。刚刚脱下来的崭新的玉米粒上都挂上了一层毛茸茸的秋霜，它们在正午阳光的映照下散发出神奇的、彩虹般的光泽。

听说了自行车脱粒机的事情后，农场里的大人们都深感好奇，相约着来场部中心小学里看稀奇，就连桑红东的爸爸桑场长也专门过来一探究竟。当大家亲眼看到既不需电力又操作方便的自行车脱粒机源源不断地把玉米粒剥离下来后，全都发出啧啧的称赞声。他们当中的一个人冲王老师竖起大拇指说："你真是鲁班在世、诸葛亮第二啊！当年的鲁班能造云梯，诸葛亮能造木牛流马，如今你造出了自行车脱粒机，它可比云梯和木牛流马要实用得多啊！"

桑场长也赞不绝口："四个现代化中的一个就是农业现代化。要实现农业现代化，就得有各种能够提高农业生产效率的农业机械和工具。农场里的脱粒机一直比较紧张，秋收的时候大家得排队使用。你发明的这种既不用电又经济实惠、易于操作的自行车脱粒机能够解大家的燃眉之急，为大家排忧解难，它真是一个好发明创造啊！你能不能多制造些出来？争取家家户户都能有一台，我会让铸造厂的人配合你的。"

王老师的眼里亮晶晶的，他显得格外激动，毕竟这是他第一次得到桑场长的肯定，而且农场里的人的赞叹的话语也给了他莫大的鼓励。他使劲点点头说："我一定加班加点为大家多造些自行车脱粒机出来。我毕业后选择回到农场里，就是想利用自己学到的知识为乡亲们做点事情，减轻他们的劳动强度，提高他们的生产效率。眼下能有这样的机会，而且还有场里的支持，对我来说是件梦寐以求的事情！我还有一个想法，农场里的风沙一直比较大，其实风也是一种资源，我可以尝试着制作小型的风力脱粒机，借助风力来给玉米棒子脱粒，它将比自行车脱粒机更省力也更高效。"

桑场长点了点头："这是个好想法，场里会全力支持你的。如果它真的被制造出来了，对全体职工来说是件求之不得的好事呢！"

桑老师不知什么时候也来到了围观的人群中，她的眼中也亮晶晶的，脸上挂着甜蜜的笑容。

王老师马不停蹄地忙碌起来。我们偶然到他的办公室，发现桌子上全是他画的一张张图纸，就连脚下的废纸篓里也塞满了被揉成团的废图纸。见我们进来，王老师会趁机给我们讲："风力脱粒机其实同荷兰的风车磨坊的原理大同小异。我这几天专门去城里的图书馆查阅了很多资料，还请教了工厂里的几位对齿轮和转轴比较在行的师傅。我正在画设计图呢。你们看，这是叶片，这是风车轴，风力吹动叶片旋转，继而带动了风车轴旋转。风车轴上固定有齿轮，它能够带动下面的驱动轴上的齿轮旋转，最终让驱动轴带动脱粒主心管，把玉米棒子上的玉米粒脱下来。"

　　这幅图清晰明了，简单易懂，我们很快就明白了风能是如何被转变为机械能的。有了图纸后，王老师就让农场铸造厂的师傅帮忙铸造和找寻各种转轴与齿轮。一开始风力脱粒机的叶片是从废旧的扬场机上拆下来的，但它们太沉太重，风根本就带不动它们。不得已，王老师干脆沿用古老的风车，请农场里的木匠做了几片木头叶片，这下它们嘎吱嘎吱地转动起来，各种转轴和齿轮也开始依次旋转。木头叶片看似转动缓慢，但实际上承载的力道非常大，驱动轴末端的脱粒主心管转得飞快,有几倍于自行车脱粒机的效率,得有三四个人同时往脱粒主心管上放置玉米棒子才行。

风力脱粒机引得许多人前来围观,大家又一次对王老师竖起了大拇指,啧啧称赞。毕竟自行车脱粒机还需要人费力转动脚蹬,而风力脱粒机完全不需要人出力了。

桑场长也来参观风力脱粒机。头发花白的他不停地点着头,颇感欣慰地说:"简泉农场多风少水,大风不仅会刮倒麦秆,刮折玉米秆,还会刮倒院墙,甚至掀掉屋顶。风害一直是个让人头疼的问题,住在这里的人没有不讨厌风、不痛恨风的,可是眼下王老师变害为宝,让风老老实实地为我们服务。有了风力脱粒机,大家既不用掏电费又不必费人力就能够轻松解决脱粒的问题,这真是个造福于人民的发明啊!"

旁边一位年逾花甲的老职工努力睁大他那双被风沙吹蚀得浑浊的眼睛说:"过去人们都说只有雷公电母才能让雷电乖乖听话,只有风婆才能驭风而行并且让它到处乱刮,王老师能驯服风,让它为人效力,真是神通广大啊!"

王老师连忙摆摆手说:"我没有啥神通,我只是个普通人,这一切都是科学的力量。我们只要懂得科学,掌握技术,世上的风雨雷电都能被人驯服,为人所用。这台风力脱粒机才是个雏形,它的效率还不高,精度很差,功能也还不完善。接下来我会和铸造厂的师傅们加工出几个由钢筋和帆布铸成的叶片,它们更轻也转得更快。另外我还打算给它装个尾翼,这样叶片就能始终对着来风的方向,从而获得最大的风能。等风力脱粒机成熟后,我们还会尝试着制作小型的风力发电机和风力磨坊,到时候,家家户户都等于有了一个免费的帮手和免费的供电站。"

王老师的这一愿景赢得了阵阵掌声。毫无疑问,他让大家看到了美好与希望,也让大家看见了科技的力量与它带来的福祉。

[第十一章]

# 点亮乡野的天空

上了五年级之后，我的个头长高了，能够坐在车座上骑自行车了。我的学习成绩也上升到了前几名，这不仅令同学们对我刮目相看，也令我爸妈更加欣慰，他们都希望我在小学毕业后能够考上大武口三中。大武口是距离农场最近的城市，而大武口三中是那里最有名气的重点中学，这所中学的学生中有一多半都能考上大学。

王老师和桑老师订婚了。桑红东把他们的结婚照拿过来给我们看，他们正是在铁陨石前拍的照。我们都觉得这张合影拍得既好看又别具意义。王老师和桑老师笑容可掬、神采飞扬，他们就像身后的铁陨石一般散发着光彩，而那块自天而降的神奇陨石仿佛也在见证着他们的爱情与誓言，见证着他们的青春与梦想。

临近十一月，候鸟开始南徙，即便在夜里也能听见它们发出的呼唤同伴的鸣叫声。而在白天，一群群大雁留恋着、徘徊着、鸣唱着，最终飞过积雪覆盖的贺兰山，飞向温暖而遥远的南方。

　　大雁的叫声消失后，农场里又开始了紧张而忙碌的秋收，一车车金灿灿的玉米棒子被运到了大场上和各家的院落中。王老师发明的风力脱粒机真的派上了用场，仅靠几片又长又宽的叶片的带动，它便能帮我们将玉米粒剥离下来。除此之外，家家户户基本上都拥有了一台自行车脱粒机，它们也发挥了极大的作用，让今年的玉米提前了十天交仓。王老师还希望能发明一种自动收割玉米棒子的收割机，我们由衷地盼望着他的梦想能够成真。

　　秋收结束之后，高空中便吹来凛冽的北风，它们也将阵阵寒意带来。于师傅找人将骆驼的圈舍仔细修补了一番，所有的窟窿都被补上了。自从知道了铁陨石的秘密后，我们对它们也格外关心，经常会喂给它们一些草料，有的时候甚至会从家里拿一根胡萝卜塞给它们。它们开开心心地大嚼着，胡萝卜的汁液从嘴角滴落下来。

　　一股股的朔风开始从贺兰山大峡谷中袭来，它们夹杂着雪花,在农场里四处飞舞。银色的风雪呼啸翻滚,光彩闪耀,它们也将时光匆匆带离。转眼之间就到了年底,我们也得知了一件大喜事,王老师和桑老师将在元旦这天结婚,婚礼就在场部中心小学院内举行。在十二月的最后一堂自然课上,王老师邀请我们参加他的婚礼,我们齐声欢呼起来,情不自禁地站起身使劲地鼓着掌。

接下来的日子里,我们掰着手指头数着日子,盼望时间能够早点流逝到元旦。

王老师和桑老师有情人终成眷属,我们由衷地为他们感到高兴。桑红东同样满心欢喜,他甚至迫不及待地从家里带来了喜糖叫我们品尝。

元旦终于到来了,天气虽然仍很寒冷,但天空格外晴朗,万里无云的天空显得欢快、舒畅,充满着蓝色的安逸和纯真,渐渐变温暖的太阳则像是崭新的硬币一般锃亮耀眼,仿若盛大的节日里的璀璨灯盏。

前来参加王老师和桑老师婚礼的人很多,除了我们这些学生之外,还有很多农场职工。他们感谢王老师的发明给他们带来了方便,都想来表达自己的祝福。

婚礼由曹老师主持。他首先请王老师介绍自己的恋爱经过。王老师身穿西装还系了领带，看上去就像是画报里的电影明星。他大方地说道："我和桑红英都是农场职工子弟，我们有幸考上了同一所师范学校，我们就是在那里相互认识并且逐渐了解对方的，后来我又考上了大学。我们两个在毕业之后都有机会留在城里，但我们有着共同的理想，那就是回到家乡，用自己的所学改变家乡的面貌，将自己的知识传授给家乡的孩子。正因为如此，我们毕业后先后回到场部中心小学，一同为自己的理想而努力。今天我们两人终于结为伉俪。在今后的日子里，我们将比翼双飞，继续为农场的振兴和繁荣尽心尽力。我们决心扎根在此，反哺农场的养育之恩，让农场变得欣欣向荣。农场虽然以农业生产为主，但实际上它有很多得天独厚的自然资源。我和红英还有很多构想和计划，我们也会一点一点地去实现它们。我相信只要它们变成了现实，农场一定会充满希望，让人向往。"

我们使劲地鼓着掌，大人们也把手拍得通红，我们都为王老师和桑老师的选择而感动。农场里许多年轻人的梦想就是离开这里，留在城市，但王老师和桑老师却一心想的是如何用自己所学的知识让农场变得更加美丽富饶,他们是农场振兴的希望。

接下来,曹老师又请桑场长上台致辞。我们本以为桑场长会说一些祝福的话,没想到的是,他竟然开口说道:"首先,我要给我的女儿桑红英同志和我的女婿王孝同志认真地道个歉。"

人群静了下来,王老师和桑老师也一脸困惑。

桑场长脸上的神情很诚恳,他接着对王老师和桑老师说道:"你们都知道,一开始的时候我是反对你们在一起的。我并不是因为王孝不够优秀或是不够上进,相反,他是个有头脑、有思想、有知识、有理想的好青年。一切都是因为我有难言的苦衷,这个苦衷我一直没有告诉你们。今天你们终成眷属,我决定将它讲给你们,也讲给在场的所有来宾。"

王老师和桑老师点了点头,于是我们接下来听到了一个发生在多年之前的故事,这让我们深感意外,也深受震撼。

"此处游人堪下泪,更闻终日望狼烟。贺兰山便是戎疆,此去萧关路几荒。"地处贺兰山脚下的农场自古便是个人烟稀少、茅封草长的地方,多年以来统治这里的只有从春到冬的凛冽朔风和忍耐艰辛的狼獾狐兔。农场里干旱少雨，遍布盐碱，极目远眺，到处都是白茫茫的大碱滩，就像是整片大地被撒了一层厚厚的盐。每当七八月份有雷阵雨落下后，碱滩上还会往出冒水泡，仿佛被煮沸了一般咕咚作响。

为了开发这片无人问津的大碱滩，让它变成能够出产粮食的良田，几百名原本生活在三百公里外的黄河岸边的村民被迁移至此，他们当中就包括风华正茂的桑同祥和乡邻们。桑同祥当时还不满三十，长他几岁、平日里和他最为熟悉的黄建忠也拖家带口搭乘闷罐火车来到了这里。

一开始，在黄河边的大平原上住惯了的人们被峥嵘突兀、绝顶凌空的贺兰山所吸引，都赞叹它是座难得一见的雄山，但很快他们就被那望不到头的盐碱滩吓倒。这样的荒地怎么种粮食啊？除此之外，还有更为严峻的问题，那就是这里根本没有可供居住的地方，当务之急就是先修建一些遮风挡雨的房屋。大家一开始本来打算挖些胶泥制些土坯盖房子，但他们寻遍各处也寻不到那种黏性较强的胶泥土，不得已只能选择地势较高的地方挖坑搭建地窝子。地窝子其实就是一米多深、两米多宽的浅坑，顶上再搭几根椽子和树枝，用泥巴和草叶覆盖住。虽然条件简陋，但大家总算有了个安身的地方。

接下来，包括桑同祥在内的几百名农场职工开始了艰苦卓绝的开垦荒地、整治盐碱滩的工作。要将荒地变为良田，最重要的就是挖凿沟渠，保障灌水和排水的顺畅，唯有如此才能逐渐改善土壤，去除盐碱。

热火朝天的垦荒平田工程足足持续了一年之久。为了尽可能多地开垦荒地，也为了及早让农场出产粮食，挖沟凿渠的工作即便在冬天也没有停歇。"一万年太久，只争朝夕"，每个人都盼望着能早一天让农场的万顷荒地变成希望的田野。

冬天土被冻硬，没法再用工具直接挖掘，桑同祥、黄建忠等年轻人就组成了青年突击队，利用自制的土炸药炸开冻土层，而后再靠洋镐和铁锹挖掘沟渠。用土炸药炸冻土的效率很高，但也充满风险。

这天早上，依旧是天寒地冻，太阳仿佛被定在了苍白的天空中，万物似乎都躲藏起来，只有几只黑黝黝的乌鸦在冰封雪裹的世界里徘徊，它们身上坚硬的长羽发出嚓嚓的声响。轮到黄建忠放炮，在点燃了长长的雷管引线后，他和几个人便根据经验躲到了二百米外。在以往的爆破中，这个距离都是安全距离，然而这一次，或许是对药量估算不准，或许是土炸药的威力异乎寻常，一大块冻土居然飞溅到了两百米外，不偏不倚地砸中了黄建忠的脑袋。黄建忠当即倒在地上，头上血流如注。桑同祥他们连忙将他抬往农场医院。

黄建忠此时还有意识，他或许感知到自己的情况不妙，气竭声嘶地对桑同祥说："我快不行了，我撑不到医院了。我最放心不下的就是我的女儿，她才三岁，她是个苦命的娃，刚生下来她妈就患上产后风死了。眼下没了我，她就没人照看了。请你帮我把女儿养大，这样我才安心。将来如果有可能的话，让她到城里生活，城里的条件毕竟好一点，我不忍心看她再受苦，我希望她能过上好日子。"

桑同祥流着眼泪答应道："你放心，我一定会将她养大的，我会把她当亲生女儿来对待的。"

黄建忠果然没有撑到医院。农场方面为他举办了隆重的追悼会，所有职工都来为他送行。黄建忠被埋在了贺兰山下。年轻的桑同祥信守诺言，将他刚满三岁的女儿接到自己的家中。为了避免她被别的孩子笑话和欺辱,他为她取了个新的名字,让她暂时跟自己姓。

桑同祥夫妻二人尽心尽力地照顾桑红英,一直将她养大成人,并将她送进了城里的师范学校。桑同祥已经人过中年,并且成了农场的场长。为了完成对黄建忠的承诺,他希望桑红英毕业后能够留在条件相对较好的城里,但桑红英执意要回来任教,她说:"比起城里来,农场更需要教师,更需要知识。只有我这样的师范生留下来,农场的孩子才能接受到更好的教育,农场的面貌也才会日新月异。"

桑场长拗不过她,只能同意她回来。他托熟人给她介绍了城里的对象,心想等她结婚后就会跟随丈夫到城里生活。但桑场长没有想到,桑红英竟然和场部中心小学的王孝老师情投意合。平心而论,王孝是位难得一遇的优秀青年,他放弃了城里学校的工作机会,主动回到农场里执教,既有理想又有奉献精神;另外,他的思想活跃,知识丰富,在同龄人里绝对算得上是佼佼者。然而,桑场长不止一次地忆起桑江英的生父黄建忠在临终前的嘱咐,所以他极力劝说桑红英找城里的对象，到城里工作和生活。

我们终于知道了桑场长反对桑老师和王老师相处的真正原因，也终于知道了桑老师的曲折身世。

头一次听说自己身世的桑老师显得惊愕而感动，亮晶晶的泪水从她的眼眶中缓缓流下。王老师同样深受触动，一边充满怜惜地望望身旁的桑老师，一边满脸钦佩地望望桑场长。

头发花白的桑场长动容地说："红英，你的亲生父亲是为了农场的兴建而牺牲的。他只有你这一个牵挂，他最后的心愿就是你能在条件相对好一些的地方幸福地生活。我何尝不是如此呢？我同样希望你能够过上快乐又幸福的生活。很长时间来，我一直处于矛盾和痛苦中，我既希望你能同自己真正相知相爱的人生活在一起，又希望你能如你的生父所愿留在城里。

"后来，当王孝救了桑红东和另外几名中毒溺水的学生的性命后，我意识到他是真正能保护你、照顾你的人。在自己的学生面临危险时他能奋不顾身，在你遇到困难时他定然也会付出一切。当我听说了王孝发现罕见陨石，打算兴建陨石公园的事情后，当我亲眼见到他发明的自行车脱粒机和风力脱粒机后,我意识到,只要有他这样才华出众、阳光热情的年轻人在,农场的面貌定然会焕然一新,农场将来未必比城里的条件差。如果我们的农场变得比附近的小城更富裕更美丽的话,我们还有什么必要跑到城里呢?我相信这一天不会太远,只要我们齐心协力建设自己的家乡,它的面貌每天都会有新变化的。"

桑场长的讲话赢得了阵阵掌声,桑红东也使劲地拍着手掌,他定然也是第一次知道桑老师的真正身世。他泪眼婆娑地望着她和王老师,脸上却绽放着欣慰的笑容,为他们祝福。

桑场长接着说道:"红英,在此之前我到你生父的坟前看望过他了,我给他洒了白酒,还将你的近况以及王孝的多才多学和诚恳踏实告诉了他。我请他放心,你一定会幸福一生的,农场也一定会欣欣向荣的。在不远的将来,它不仅是盛产粮食果蔬的地方,还将是能骑马骑骆驼、在山泉中游泳、观赏神奇陨石的旅游胜地。"

人群中再次响起不绝于耳的掌声,每个人的脸上都红扑扑的,每个人的眼中也都闪烁着星星一般的光亮，我们仿佛真的瞧见了这一天的到来。

桑场长最后说："红英，本来我打算将你的身世一直保密下去的，但既然你已经拥有了自己的家庭，拥有了可以依靠的肩膀和为之奋斗的理想，我就决定把它告诉你。一方面我希望你们能理解我之前的苦衷，原谅我的固执；另一方面我希望你们两个人同心协力，比翼双飞，像你的生父一样，为农场的建设和腾飞贡献力量，无怨无悔。"

桑老师动情地说："爸爸，您永远是我的爸爸。感谢您这么多年的养育之恩，也请您相信我一定会竭尽全力建设家乡的。它是我心目中最美好的地方，因为在这里有您和妈妈、弟弟这样的亲人，还有那么多和善淳朴的乡亲。"

王孝老师也抹了抹眼泪说："爸爸，请您放心，我会全心全意地对待红英，决不会让您和红英的生父失望。我也会将自己的全部青春、全部热情和全部汗水洒在农场的广袤土地和广阔田野上的。爸爸，您是简泉农场的首批开拓者，您一定认识我的父母。"

桑场长点了点头："你的父亲名叫王富仓，你的母亲叫郭梅英，他们比我大十多岁。"

王老师又问道:"您可能也听说过我母亲是因何离世的吧?"

桑场长答道:"你母亲好像是因为吃不下饭去世的。她生病的时候农场里的条件还很差,连卫生院也没有,只有一两名赤脚医生给人看病。"

王老师有些难过地说:"我母亲得的是大脖子病,这本来不是啥大病,补点碘,吃点消炎药也就慢慢好了,但那个时候的人没有文化,不懂科学,她听信邻居的话,没有找赤脚医生看病,而是找神婆念咒驱邪。就这样,拖延了几年下来,大脖子病发展成为囊肿,最终压迫了食管,使得她进食困难,越来越虚弱。她的病情严重后,我们把她送到了城里的医院,医生听说了她的病史后连连摇头,他说人要是早一两年送来还有办法,可现在囊肿太大,根本没法子手术了。我记得我父亲当时懊悔得直跺脚,他狠狠地扇了自己一耳光说:'这都怪我没文化啊!'

"我母亲最终因为营养不良而离世了,她等于是活活饿死的。这件事让我刻骨铭心,也让我意识到知识的重要性。我记得自己当时在母亲的坟前发誓将来一定要考上大学,一定要做个有知识的人,将来把这些知识传授给农场里的父老乡亲,避免类似的悲剧再发生。这也正是我大学毕业后宁可放弃在城里工作的机会也要回到农场里的原因。相比起人才济济的城市来,农场更需要人才。"

我们都是第一次听说王老师的这段经历,我们也终于明白了他矢志不移地留在场部中心小学并且不遗余力地传授知识给我们的原因。

桑老师泪水涟涟,她紧紧挽住王老师的一只胳膊,而桑场长则走上前来动情地用双手握住王老师的手说:"简泉农场需要你这样有学问、有理想、有担当的青年啊!你们是农场振兴、走向富裕的希望!是啊,科学技术是第一生产力,你们的知识和技术必将让农场旧貌换新颜,我也为有你这样的女婿而感到骄傲!"

人群中爆发出一阵阵叫好声和鼓掌声,此时负责典礼的人按下录音机的开关,从喇叭中播放出热情奔放又充满希望的歌曲:

我们的家乡,

在希望的田野上,

炊烟在新建的住房上飘荡,

小河在美丽的村庄旁流淌。
一片冬麦，那个一片高粱，
十里哟荷塘，十里果香。
哎嗨哟嗬呀儿咿儿哟！
我们世世代代在这田野上生活，
为她富裕，为她兴旺。

…………

又过了一年，我从场部中心小学毕业了，如愿以偿地考上了大武口三中。暑假结束后，我就要到城里的中学读初中了，这令我既激动又有些忐忑。

当最后一次推着自行车走出场部中心小学的大门时，我的双眼湿润了，我忆起了自己三年前来这里上学的那个细雨蒙蒙的日子，也忆起了这三年里所经历的酸甜苦辣和喜怒哀乐。当然，我最为感谢的还是王老师，是他真正开阔了我的眼界，让我知道了大自然的美妙和神奇。几乎每天夜里我都会抬头观看灿烂炳焕的猎户座、大犬座和小犬座，都会观看气势磅礴的大熊座、小熊座和天鹅座，正是王老师教我认识了这些星座，并且让我知道了神奇的双星系统和三星系统。每次远眺峰峦叠嶂的贺兰山时，我也会想起静卧在山后大戈壁中的那块珍稀的铁陨石。我相信王老师所说的陨石公园有一天一定能够修建起来，而我也愿意为它的落成贡献自己的力量。如果我能考上大学的话，我打算也选择师范专业，毕业之后，我会像王老师和桑老师一样回到农场里，将自己的知识教给这里的孩子，让他们知道世界的广阔和自然的奇妙；我也会将自己的青春与热情抛洒在农场的广袤田野上，让这个有星星坠落的地方兴旺发达，美丽如画。

暑假，我从同学王瑞明那里借了几本书读，其中一本封皮破损的散文书中有一篇同哈雷彗星有关的散文，它是一位名叫亨利·方达的美国作家写的，我把它一字一句地摘抄在了笔记本上。

"五岁那年，妈妈把我弄醒，抱我到窗前，让我看哈雷彗星飞过天空。她告诉我要永远记住它，因为它76年才能出现一次，而76年可是一段漫长的岁月啊。哎，这就是我现在的年龄——76岁。时光像哈雷彗星那样快地逝去了，而我并不认为我有这么老了，我觉得自己像个孩子，站在楼梯的平台上，眺望着窗外。"

我的头脑中像放电影一般放出了王老师带我们看

哈雷彗星的情形，高旷绮丽的哈雷彗星至今仍是我见过的最妙不可言、最震撼人心的天体。我格外感激王老师，若不是他，我就会同神奇的哈雷彗星擦肩而过。

王老师说直到2062年我们才能再一次见到哈雷彗星，那个时候我一定是个白发苍苍的老头子了，不过我仍会饱含欣喜地仰望哈雷彗星在贺兰山巅摇曳彗尾的情形，那一定又是一个无比美妙的时刻。那个时候陨石公园一定也早就落成并且成为闻名四方的公园，来自世界各地的人们在这里领略贺兰山的巍峨挺拔，仰望满天繁星的璀璨繁密，观赏那巨大的铁陨石"黑骏马"的亘古神秘，并且可以徜徉在农场的各个角落，感受它的自由与宁静，探寻它的荣光与梦想。

时光真的就像哈雷彗星那般迅疾流逝，转眼间我在大武口三中读完了三年初中，并且顺利地考入了高中部，我将继续为自己的理想跋涉。

学校正式放假之前，我约上了叶伟、陈东、李建国、周学东、郭祥、田忠等昔日的同学回到了场部中心小学，我们打算看望一下王老师和桑老师等各位老师。场部中心小学还没有放假，此时正值课间，我们几个信步来到办公室侧墙的展板前,在学校简介之后,我们看到了一张格外引人注目的照片,它正是在铁陨石前拍摄的。王孝老师和桑红英老师半蹲在黑色的铁陨石旁,在他们身边还有五六名风华正茂的年轻人。相片不算大,也不是很清晰,但能看出来每个人的脸上都充满热情,每个人的眼中都有光亮。

我们正疑惑王老师和桑老师身旁的这些年轻人是谁时,桑校长突然走了过来。多年未见,他依旧清瘦而精神。他一眼便认出了我们,并且记得我们每个人的名字。得知我们是回母校探望师长后,他显得很欣慰,说道:"你们曾经是场部中心小学的学生,你们也永远是场部中心小学的校友。场部中心小学随时欢迎你们回来看看。"

李建国指着相片上的那几位陌生的年轻人问:"桑校长,王老师和桑老师身旁的这几个人是谁呀?"

桑校长答道:"你们还不知道吧?他们都是这两三年从城里的师范学校毕业的师范生,有两个还是毕业于北京师范大学的高才生呢!他们都是农场子弟,毕业之后也都有机会留在城里的学校里甚至机关里,但他们听说了王孝和桑红英的事迹后深受感动,做出了新的人生选择，那就是回到家乡，用自己的知识与才华一点一滴地改变家乡的面貌。用他们的话说'空有愿望是不行的，得靠实际行动来实现一切'。有了他们的加入，不仅场部中心小学的师资力量一跃成为周遭十余所学校中的魁首，就连农场的面貌也焕然一新。这些有才华的年轻人发挥各自的所长，发明了风力脱粒机，还发明了太阳能灶和沼气池。'星星之火，可以燎原'，他们就像一颗颗小星星，给农场带来了热情、希望与光明，让每个人都充满了干劲。你们想想看，连他们这样的年轻知识分子都如此眷恋家乡，甘愿为家乡奉献青春，其他人自然更加热情高涨了。受他们的影响，还会有更多的知识分子回到农场里，农场肯定会大变样的。"

我们正说话间，下课铃声响了。王老师和桑老师远远地向我们走来。我们还看到了照片上的那几位年轻教师，他们簇拥着王老师和桑老师。阳光照着他们明亮的笑容，我仿佛看到我和我的同学也微笑着走在他们当中……加入这支队伍的人越来越多，多得像贺兰山上的星星，点亮了广阔的乡野的天空……

图书在版编目（CIP）数据

贺兰山上的星星 / 赵华著. — 太原：希望出版社，2023.9

ISBN 978-7-5379-8891-9

Ⅰ.①贺… Ⅱ.①赵… Ⅲ.①长篇小说—中国—当代 Ⅳ.①I247.5

中国国家版本馆CIP数据核字（2023）第155685号

## 贺兰山上的星星
HELANSHAN SHANG DE XINGXING

赵 华 著

| | |
|---|---|
| 出 版 人：王 琦 | |
| 项目策划：赵晓旭 | 美术编辑：王 蕾 |
| 责任编辑：赵晓旭 | 插　　画：何 毅 |
| 复　　审：翟丽莎 | 装帧设计：陈东升 |
| 终　　审：王 琦 | 责任印制：刘一新　李世信 |

出版发行：希望出版社
地　　址：山西省太原市建设南路21号
开　　本：880mm×1230mm　1/32
印　　张：7.5
版　　次：2023年9月第1版　　印　　次：2023年9月第1次印刷
印　　刷：山西人民印刷有限责任公司
书　　号：ISBN 978-7-5379-8891-9　　定　　价：35.00元

版权所有　侵权必究
若发生质量问题，请与印刷厂联系调换。电话：0358-7641044